諸神的差使
10
淺葉なつ
Natsu Asaba

目錄

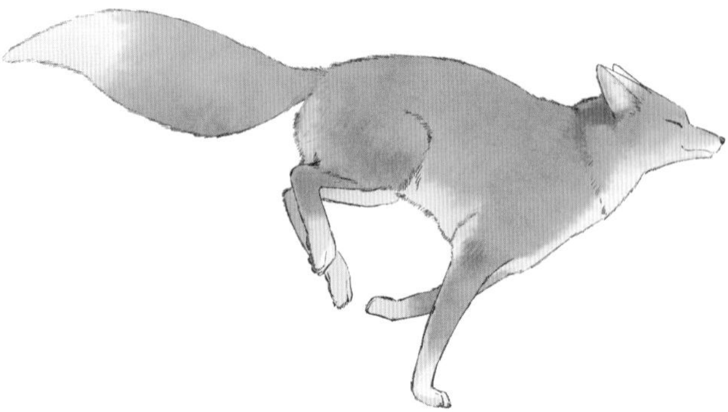

諸神的差使

10

淺葉なつ

主要登場人物

萩原良彥——本作的主角，二十六歲的打工族。被任命為替神明辦理差事的「差使」，在日本全國各地奔波。為了尋找失蹤的黃金，和大國主神一起去找荒脛巾神。

黃金——掌管方位吉凶，外形是狐狸的方位神，真實身分是國之常立神的眷屬神金龍。被同為眷屬神的黑龍吸收，生死不明。

藤波孝太郎——良彥的老朋友，大主神社的權禰宜。長得一表人才，總是笑臉迎人，但內心其實是個超級現實主義者。

吉田穗乃香——大主神社宮司的女兒，大學一年級生。擁有「天眼」，能看見神、精靈及靈魂等等。為了幫助受傷的良彥，決心採取行動。

四尊　拔不出的刀

一

那兒是一望無際的草原。

無論轉向何方，莫說建築物，連棵樹也看不見，既沒有小鳥的啼叫聲，也沒有昆蟲的振翅聲，只有不時輕撫臉頰的和風，與悠遊空中的雲朵落在大地上的影子。化為音羽的黑龍在親手創造的精神世界之中抱著自己的肩膀蹲在地上。沒想到傀儡所受的傷竟會反映到自己身上。原本祂該是毫髮無傷的，似乎是過度同步了。幸好傷勢並不嚴重，也已經趕走了大國主神一行人，可以好好靜養。

黑龍的眼前是隻被關在巨大水晶之中的金色狐狸。那是金龍的「心」。黑龍吞下祂以後，身體暫時結合，但是心尚未合而為「一」。祂會慢慢地被自己吸收，屆時雙龍便會再次合體。從動也不動的狐狸身上僅能感受到些微的意識。

「……懊惱嗎？西方的兄弟。」

黑龍在空空蕩蕩的世界裡呼喚。

「我替祢把差使趕回去了。對祢而言，他已經沒有用處了吧？」

黑龍掀起紅唇一笑，下一瞬間，便用右掌對著金龍連續釋放了數十發的力量結晶洩憤。每中一發，水晶便多出一道裂痕，破裂的碎片四處飛散；直到水晶碎裂至即將打中金龍的程度，黑龍才氣喘吁吁地放下手臂。

「……為什麼？兄弟。」

黑龍用嘶啞的聲音喃喃說道。即使受到劇烈的衝擊，狐狸仍舊一動也不動。

「我們明明是一分為二而成的，為何會有這麼大的差異？」

仔細回想起來，從以前便是如此。

無所不能，一板一眼，遵循正道的金龍。明明是同一條龍依照鱗片顏色分化而成的，黑龍卻總是籠罩在金龍的陰影底下。無論是外貌或能力，黑龍並沒有遜於金龍之處。兄弟全心完成使命的身影是如此耀眼，黑龍甚至以祂為榮；然而，不知幾時間，黑龍的眼底卻染上了自卑的色彩。

「我……失去了孩子們，為什麼兄弟卻有差使作伴？」

如果只是作伴，倒還無妨。時代變了，守護的職責也變了；倘若兄弟只是從旁監督差使，純屬職責，倒還無所謂。

可是差使居然前來營救兄弟。

即使面對試圖引發「大改建」的神明，依然面無懼色。

相較之下。

已經沒有人會來探望自己了。

「為什麼？兄弟……」

黑龍隔著水晶觸摸金龍。祂不願憎恨金龍，可是每次待在金龍身邊，自卑感總會不斷膨脹。如果住進人類的村落，撫養嬰兒，或許就能知曉連金龍也不明白的根源神意圖——黑龍甚至有過這樣的念頭。得知金龍曾經特別關懷某戶人家，最後卻見死不救，黑龍還以為祂們終於可以並駕齊驅了。祂們同樣失去了重要的事物，是一心同體的龍。

水晶裡的金龍依然雙目緊閉，動也不動。遺忘的記憶被強制觸發，現在的祂大概正處於混亂之中吧！又或是祂已經無力承受這些記憶了？

「兄弟，拜託……拜託快點……」

只要合而為一，一定能夠擺脫這種無底沼澤般的感情。

黑龍仰望虛假的天空。

沒有鳥兒飛過，也聽不見孩子們的笑聲。

卅

「不管來幾次都一樣。」

聽哲帶著自稱差使的男人來訪的幾天後，這回換成天眼女娃兒和聽哲一起來到了坂上田村麻呂的神社。

「我不會幫你們的忙。要找幫手，去找其他神明吧！不只你們，還有許多無所事事之徒找上門來。」

差使來訪之後，有好幾尊神明前來拜訪田村麻呂；祂們全都異口同聲地要求田村麻呂協助討伐荒脛巾神，令田村麻呂好生厭煩，而現在又有人上門了。

「求求祢。祢和蝦夷打過仗，或許可以說服荒脛巾神。」

天眼女娃兒如此懇求，雙眼牢牢地捕捉住田村麻呂的身影。聽說貿然與荒脛巾神正面對決的差使身受重傷，意識朦朧；雖然偶爾會睜開眼睛，但還無法與人溝通。不過，聽他們的說法，除了精通醫術的少彥名神以外，還有許多赫赫有名的神明也陪在身旁，應該沒有生命危險吧！明明是個人類，卻如此胡來。

——不，或許是因為他救人心切吧！

田村麻呂甩開了即將陷入沉思的思緒，開口說道：

「我確實和蝦夷打過仗。荒脛巾神是蝦夷之母，或許也可以代換成和神明打過仗吧！不過，就算如此，我還是無意協助你們。」

要說幾次他們才會明白？

被供奉為神，已令田村麻呂問心有愧，更遑論征伐荒脛巾神了。

「為什麼？如果無法分開荒脛巾神和黃金老爺，日本或許會陷入浩劫！」

天眼女娃兒扯開嗓門叫道，不知是不是因為緊張之故，她那白皙的臉蛋變得更加蒼白了。聽哲忐忑不安地望著他們。

「倘若『大改建』真的發生，那也是這個國家的命運。」

田村麻呂用灰色眼眸冷冷地俯視天眼女娃兒。天眼女娃兒以失落與絕望之色交雜的雙眼凝視著田村麻呂，彷彿在責備祂。

「……祢不是保護大和的大將軍嗎？」

她的聲音在顫抖，眼淚隨時可能滑落。

「……那是迫於無奈。有些事必須手握權力才能辦到。」

田村麻呂靜靜地握緊拳頭。

不願想起的記憶閃過腦海，祂閉上了眼睛。

有些事即使手握權力，也無法實現。

那明明是祂寧願拋下一切去保護的事物。

「……穗乃香姑娘。」

聽哲勸女娃兒死心，但她站在原地動也不動，無法克制的淚水在地面上形成了水漬。

接著，她喃喃說道：

「……我……看著良彥先生和黃金老爺……就產生了活力與勇氣。」

她聲淚俱下地繼續說道：

「他們讓我知道神明和人類就算不能直接接觸或交談，還是可以建立這樣的關係。我從小就看得見神明，卻幫不上任何忙，所以這讓我很開心……可以協助差事，真的好快樂。」

她聳起肩膀，再度仰望田村麻呂。雖然與毅然二字相去甚遠，但可以感受到她說什麼也不願移開視線的堅定意志。

「黃金老爺現在被荒脛巾神吸收，連良彥先生都不認得了。天下間有這麼悲傷的別離嗎？

連再見也沒機會說，太殘酷了！」

天眼女娃兒如此叫道，毫不顧忌地當場跪倒，伏地叩拜；一頭黑色長髮垂落地面，沾滿了沙子。

「求求祢……」

模糊的聲音傳入耳中。

「請祢幫忙……我知道這個要求讓祢很為難。」

田村麻呂與杵在一旁的聰哲四目相交。聰哲默默無語，只是帶著五味雜陳的眼神點了點頭。原來如此，明知不可為而為之嗎？田村麻呂再度將視線轉向伏地不起的天眼女娃兒。東征的結局如何，只要稍加查詢就知道了；她也心知肚明，所以現在才這樣伏地磕頭。

「求求祢……」

涕淚交加的聲音只是讓田村麻呂徒增憂鬱而已。

⛩

父親苅田麻呂的盟友道嶋嶋足在六年前過世，隔年，長岡京開始興建，奉命視察該地是否適合成為新都的父親也在三年前到地府去和嶋足聚首了。田村麻呂服喪一年，隔年便從守衛禁宮的近衛將監晉升至近衛少將，直到今天。倘若單純是因為桓武帝器重田村麻呂的能力自然可喜，只可惜多多少少還是看在父親的面子上，或是受到妹妹又子入宮的影響。無論如何，桓武帝確實對他們一族青眼有加。

這一天，田村麻呂奉命護衛皇帝前往圍場獵鷹，平安返京以後，他沒有直接回府，而是先到了京裡的哨所一趟。從守衛通往皇宮的閤門、巡邏皇宮與京城到追捕犯人，近衛府的工作多如牛毛。到了晚上，還有夜間巡邏，而這回田村麻呂便是要去確認人手調配事宜。遷都至今不過五年，這座仿照平城京建造而成的都城以宛若長年存在於此地般的面貌迎接了人們。在平城京裡常看到異邦人，而這裡的異邦人似乎不比平城京少，或許得歸功於可從遷都時新設的山崎渡口順流而上直接入京的方便性。相較於只能使用陸路的平城京，這裡的人貨流通可說是便捷許多。

「田村麻呂大人！」

田村麻呂剛在哨所前下了馬，便有人叫住了他。回頭一看，一個年輕男子追著自己跑了過來。

「怎麼了？聰哲。」

比田村麻呂年少十歲的他是曾任陸奧鎮守副將軍的百濟王俊哲之子。父親在世的時候，田村麻呂在他的介紹之下認識了俊哲，而當時俊哲拜託田村麻呂多多關照自己的兒子。剛相識時，聽哲還是個尚未進大學寮（註1）的稚嫩少年，而現在已經成了舍人（註2），負責守衛宮中。

「我在剛才的路口看見您，您正要回府嗎？」

「對，今天護送聖上獵鷹。聖上沉迷獵鷹的老毛病還是不改。」

「如果您還不累，今晚可否登門打擾呢？請說些令尊的英勇事蹟給我聽！」

「你還真是不嫌膩。我爹的英勇事蹟你應該聽他本人說過很多次了吧？」

田村麻呂將馬匹的轀繩交給部下，轉向聽哲。自幼便對打仗及兵器充滿興趣的他，素來愛聽父親俊哲及苅田麻呂述說當年勇，但他本人對於武藝卻是一竅不通，甚至有人懷疑他是否真是俊哲之子。不過，他對於刀弓等兵器別具慧眼，之所以能成為舍人，也是出於這一點。

「我巴不得能多聽苅田麻呂大人再說一些他的英勇事蹟……家父一定也有同感。」

雖然苅田麻呂過世已有三年之久，聽哲卻像才剛過世一樣地失落。他的父親和移居京城的俘囚做生意，觸怒了皇帝，在兩年前被貶為日向權介（註3），分派到遙遠的九州，至今仍不許進京，只能謫居異鄉。罪不及子嗣，固然是不幸中的大幸，但京城裡的府邸依然難逃充公之厄，妻子及弟弟們都回到了宗族根據地交野，只有聰哲隻身住進了兵舍。

「我這就派人備酒。」

田村麻呂料想聰哲大概是因為父親不在身旁而感到寂寞，便一口答應了。聰哲就像隻親近人的小狗，和他說話，心情往往能夠莫名地放鬆下來。

田村麻呂獲賜的府邸位於五條大路附近，妻兒也都住在這裡；越接近皇宮，權貴府邸就越多，五條大路儼然成為藤原一族的代名詞。

「老實說，我也是聽來的……」

在長岡京沉入暮色、兩人酒酣耳熱之際，聰哲開口說道：

「聽說這回攻打蝦夷，朝廷軍損傷慘重；聖上應該很生氣吧？」

季節正值盛夏，從都城可望見的周圍群山變得更加綠意盎然，要不了多久，秋蟲大概就會

註1：掌管培育中央官吏相關事務的機關。
註2：侍奉皇帝或貴族，從事護衛或雜用的下級官人。
註3：地方副首長的職務代理人。

開始鳴叫吧！

「這件事我也聽說了。聖上對於副將等人的失策大為惱怒。這回的東征是為了鞏固長岡京遷都，將蝦夷視為共通敵人，破除威脅，團結民心，並非單為了東北的黃金。」

田村麻呂喝了口酒。他對於蝦夷懷有特殊感情，縱然是聖諭，也有許多難以苟同之處。然而，即使坂上一族備受皇帝器重，以田村麻呂的分量，還不足以向皇帝進言。隨著被欽點為陸奧鎮守將軍的父親走馬上任，已經是二十年前的事了；當時僅在多賀城滯留了秋天至冬天的半年間，不知到了現在這樣的夏天，當地的景色變得如何？深山僻谷裡的綠意想必更加濃厚吧！

「聖上不能放棄東征嗎……」

聰哲垂下頭來，喃喃說道。對於離長岡京有五十多天路程的遠方異族，皇帝其實並不在意，只是將東征當成政治工具而已，而貴族們對於這一點也是心知肚明；再加上打從先帝時代便屢次派兵征伐，卻次次鎩羽而歸，因此大家嘴上不說，其實個個對於東征指揮官這份苦差事都是避之唯恐不及。

「聰哲，你反對東征嗎？」

田村麻呂詢問，聰哲垂下視線，略微思索。

「……我雖然對兵器有興趣，但是並不喜歡打仗，無論對手是蝦夷或是大和人民都一樣。」

身為一個父親曾任陸奧鎮守副將軍的人，說這句話或許並不恰當；而身為一個立誓效忠皇帝的人，這句話更不該輕易地說出口。然而，這是聽哲的肺腑之言，半點不虛。

「不過，我對他們的刀有興趣。」

「刀？」

「我聽家父說過，他們的刀粗厚強韌，甚至可以砍斷我們的刀。老實說，我一直很好奇，還曾經向俘囚買刀，可是買到的卻是短刀。他們的首領佩帶的刀應該不一樣吧……真想看看他們鑄刀的過程。」

聽哲盤起手臂，帶著認真的眼神喃喃說道。一談到刀，他就變得口若懸河；聽說他平時一有空就待在官營鑄鐵場裡，認識的刀匠搞不好比貴族更多。不過，饒是這樣的他，既然生在百濟王氏，將來很有可能被欽點為某地的國司；更何況打從他的曾祖父敬福那一代起，百濟王氏便是支配東北不可或缺的存在，終有一天，他也會被捲入東征的戰亂之中。

「……蝦夷人很會養馬，養出許多不畏狂風暴雨的馬匹，也很擅長用樹皮或動物皮製作衣物。他們住在冰天雪地裡，相當倚重毛皮衣物。他們還有和渤海交易得來的野獸毛皮，是我從來沒有看過的。」

田村麻呂憶起當年，視線垂落至空杯之上。

他現在依然時常想起當年的事。

「這麼一提，田村麻呂大人曾經在多賀城住過一陣子？」

「對，不過只住了半年而已。」

「我還記得您以前跟我提過當時看到的花，以及蝦夷的母神。」

「真令人懷念啊！是荒脛巾神吧？」

當時的花的顏色在腦海中重現，田村麻呂微微一笑。那一年，田村麻呂在東北度過了晚秋至初春的半年間；除了阿弖流為以外，他也主動與當地的蝦夷人交流，進行對談，而只要問起荒脛巾神之花，所有蝦夷人都是親近及敬畏之情溢於言表。他們大概在那種花身上見到了荒脛巾神吧！雖然田村麻呂仍然不太明白為何阿弖流為說荒脛巾神是他的母親，但那陣猶如被溫暖掌心包覆的和風確實與母親的溫情頗為相似。

阿弖流為返回根據地膽澤以後，說來萬幸，在父親上任期間，雙方並未發生大規模衝突；半年任期結束之後，即將動身回京，田村麻呂沒有機會向阿弖流為道別，便請一直對他照顧有加的伊治呰麻呂代為傳信。信中寫道下次若有機會再訪，希望阿弖流為能帶他去原本想帶他前往的齋場，並註明無須回信。呰麻呂淚眼婆娑、依依不捨地叮嚀田村麻呂日後務必再次來訪，揮手目送一行人騎馬離開了多賀城。

——然而，自此一別，田村麻呂和他再也沒有見過面了。

田村麻呂大人！聽哲的呼喚聲傳來，田村麻呂將意識從過去緩緩地拉回現在。

「您想起什麼了嗎？」

「嗯，想起了一些往事。」

聽哲替田村麻呂斟酒。

「如果可以，我也不想打仗……不過，只有聖上才能做主。」

這回的東征之中，有許多朝廷的中堅幹部陣亡，不知皇帝如何看待此事？

不知阿弖流為現在是否平安無恙？

田村麻呂暗自尋思，喝光了聽哲替他斟的酒。

⛩

那一年的九月，東征軍回京，將軍將象徵任命印信的節刀歸還給皇帝。然而，桓武帝對於這次的戰果並不滿意，隔年又開始著手籌備東征。他下令諸國準備皮甲、鐵盔及乾糧，並在三月將百濟王俊哲從日向國召回。由於上次的將領表現不佳，這回的矛頭指向了有東征經驗的他。

「我想，大概是沒有人自告奮勇，所以家父才被召回來……」

聽聞父親回京，聰哲悶悶不樂。雖然尚未公布下次東征是由誰擔任將軍、誰擔任副將，但俊哲想必會以某種職位參戰。站在兒子的立場，雖然五味雜陳，但對於俊哲本人而言，卻是個挽救名譽的好機會。

「別露出那種表情。令尊回京，你該替他高興才是。改天我也會登門問候。」

田村麻呂如此安慰聰哲。一到隔年，田村麻呂和俊哲便奉命前往東海道，確認戎兵（鎧甲等等）製作是否順利。這件事代表什麼意義，田村麻呂比任何人都清楚。此外，當時也開始流傳皇帝考慮再次遷都的風聲；對於無須站上最前線的皇帝而言，遷移都城與征討蝦夷或許都是他人的瓦上霜吧！

同年七月，田村麻呂的預感成真了。他和百濟王俊哲等人一起被任命為桓武帝第二次東征的副將。

這回他是以軍隊統御者之一的身分再次前往東北。

「田村麻呂，對於此戰，爾可有計策？」

從長岡京前往東北的據點多賀城約有五、六十天的路程。將軍大伴弟麻呂率先進入多賀城，田村麻呂與俊哲則是在後年的二月隨後前往東北。越接近北方，積雪的地方就越多；若是多賀城以北，積雪想必更深吧！

「計策嘛……」

在前往多賀城的路上，俊哲半開玩笑地問道；田村麻呂吐了口白色的氣息。

「這得要等到實際視察過當地以後才說得準……當地的山地積雪應該比這裡更深，要在冬天打仗想必有困難。」

這回的東北行並非正式出征。雖然他們帶著軍隊與糧草，但弟麻呂尚未獲賜節刀；換句話說，只是來勘查的。

「哦？那麼該在夏天出兵為宜囉？」

「也不能這麼說。天氣太熱，便會影響士卒的士氣。積雪融化流盡之後，梅雨季到來、河川水位上升之前，應該是最佳時期——不過……」

田村麻呂的腦中浮現了幼時所見的多賀城周邊景色。昔日的記憶已然模糊，再加上長年戰火摧殘，景物想必變化許多，還是得到當地仔細勘查過後，才能決定。

「我認為該先用一年的時間掌握地形，從長計議。」

「一年？要空等一年？」

俊哲大聲說道，走在前頭的士兵微微回過頭來瞥了他們一眼。

「這並非空等。冬天道路被雪埋藏，春天河水上漲，夏天草木叢生，遮蔽視野，到了秋天，樹葉凋零，反而有暴露行蹤之虞。若不了解這些變化，便會進退維谷。」

他們是在蝦夷的地盤上打仗，若不盡力將這片地盤摸得一清二楚，即使投入再多兵力，也難以取勝。

馬上的俊哲啼笑皆非，虛脫無力。

「這麼一提，對於攻打蝦夷，爾向來是興趣缺缺啊！」

他也知道田村麻呂的父親苅田麻呂與蝦夷人道嶋嶋足來往甚密。

「俊哲大人不也一樣？」

聽了田村麻呂這番話，俊哲面露苦笑。他同樣知道蝦夷並非「敵人」。然而，蝦夷是「朝廷之敵」，若不立下戰功，可就無顏面對將他從日向國召回京城的皇帝了。

「只能期望他們歸順了。戰爭對雙方都會造成嚴重的傷亡，大家應該都不想打仗吧！」

設置陸奧與出羽國司的目的即是以財物或權力籠絡蝦夷，戰爭是最終手段。歸順的蝦夷人若是能夠說服眾多同胞，或許就用不著打仗了。

「但願如此。」

俊哲這句話的弦外之音，似是在說這是癡人說夢。他們的年歲差距足以當父子，或許對於俊哲而言，田村麻呂的計策便如同兒戲。

「這次的對手沒這麼簡單。前任將軍紀古佐美大人也說對手十分難纏，指揮官是個聰明人。」

連將軍都這麼說，足見對手十分厲害。蝦夷人並未坐以待斃。

「您知道是什麼人嗎？」

田村麻呂興味盎然地詢問，俊哲摸摸生了鬍鬚的下巴。

「嗯，據說是當地的知名猛將，聯合了各個村落的村長分進合擊。」

俊哲若無其事地說出了那人的名字。

「是個名叫阿弖流為的男人。」

廾

那個男人還活著。

不僅如此，現在成為與朝廷為敵的蝦夷人之一，站上了前線。

這個事實在抵達多賀城之後，依然緊緊地抓著田村麻呂的心不放。田村麻呂一方面為了他還活著而歡喜，一方面為了必須與他一戰而遺憾，即使出席軍事會議時也是心不在焉，在多賀城裡的每一天都是千頭萬緒，五味雜陳。將軍大伴弟麻呂廣徵眾副將的意見，誓言絕不重蹈前人的覆轍。他帶領十萬大軍前來，一天就得消耗龐大的軍糧，冬季期間又無法在當地籌措糧草，身為將軍，自然是希望速戰速決。然而，朝廷軍缺乏地利，良策難覓，因此田村麻呂一再苦勸他從長計議。

「首要之務是了解對手、了解地理，必須在這方面下最多的工夫。若是操之過急，只怕會重蹈覆轍。」

弟麻呂一臉不悅地聽著眾將領之中最為年少的田村麻呂發言。他雖然沒說出口，顯然認為田村麻呂怯戰，或許還感到失望。站在弟麻呂的立場，這番話聽來就像是在說「你也和前任將軍紀古佐美及過去那些吃了敗仗的將軍沒兩樣」。其他的副將都不置可否，佯作思索，窺探弟麻呂的反應。

「你的武藝雖然高強，做人處事卻不夠圓融。」

那一天，弟麻呂宴請諸將，只有田村麻呂不在受邀之列。

「……慚愧。」

事前順道來訪的俊哲苦口婆心地勸諫田村麻呂，田村麻呂深深地嘆了口氣。對於那番進言，他並不後悔，卻多少有些反省之意。自己應該可以把話說得更委婉一點。

「哎，過一陣子，他的氣應該就會消了。他就是這樣的人。」

俊哲拍拍田村麻呂的肩膀鼓勵他，離開了房間。田村麻呂目送俊哲離去以後，在空無一人的房裡躺了下來，仰望天花板。多虧了生來健壯的體格，他對於父親一手指導的刀法與箭術極有自信；原本以為自己與部下、上司也是相處融洽，但這回顯然疏忽了該對弟麻呂表達的敬意。難道你想重蹈覆轍嗎？這樣的心思不慎流露於話語之中。

「……做人真難啊！」

面對長者，就算再怎麼正確，也不能一味地訴之以理。若不一面半哄半勸、奉承褒揚，一面誘導，對方根本聽不進去。

「……尤其是貴族，特別難纏。」

田村麻呂喃喃說道，抓抓脫掉烏紗帽的腦袋。

隔天一早，弟麻呂便命令田村麻呂外出勘查，大概是「既然你主張不可操之過急，必須先了解地理，那就別光說不練」之意吧！然而，兩軍原本就無意在冬季打仗，短期間內不會開戰，在這個尚無融雪跡象的時期進行視察，可說是徒勞無功之舉。若要掌握地理，也該在融雪以後再進行勘查才對；換句話說，弟麻呂只是想給田村麻呂一個下馬威而已。

「——就算是這樣，也用不著真的乖乖照辦啊！」

接獲勘查命令的當天，田村麻呂便立刻備妥行囊與糧食，帶著幾名信任的部下離開了多賀城。

「哎，別這麼說。弟麻呂大人八成是打算就此一筆勾銷，既然如此，就乖乖聽命吧！」

田村麻呂一面往北走，一面對著一臉不滿的石成如此苦笑。

「再說，換個想法，可以離開那座令人氣悶的城池，也算是好事一樁。咱們就努力完成任務，回去覆命吧！」

聽了主人的話語，石成嘆了口無奈的氣，但並未埋怨。田村麻呂與石成相識十載，對於他的脾性知之甚深。

「那現在要上哪兒去？您該不會真的要去衣川吧？」

弟麻呂要求田村麻呂到上次東征的最前線衣川去確認水位。現在確認水位毫無意義，這麼說純粹是出於刁難之意。

「越往北走，只怕積雪越深……」

多賀城一帶的積雪並不多，但越是深入山地，積雪量想必越多，到時馬匹便派不上用場了。然而，田村麻呂卻用足以一掃這番疑慮的開朗聲音回答：

「正是要去衣川。」

若是打退堂鼓，可就折損了將門坂上的威名了。弟麻呂有意刁難，那就奉陪到底吧！

「……恕、恕我直言，您是認真的嗎？那兒可是蝦夷勢力與我軍勢力的分界線啊！」

「所以才更要去。這回東征，那一帶想必也會成為戰場吧！」

「可是，那可是敵人的家門口啊！」

「隔一段距離下馬，接著步行前往即可。我不會逞強的。弟麻呂大人知道我去了衣川，應該就會滿意了吧！」

田村麻呂若無其事地說道，裝作沒看見石成還有話想說，策馬疾馳而去。

二

在上次的戰爭之中，衣川是激戰區；從紀錄上看來，朝廷軍在三月底渡河布陣，按兵不動約兩個月，直到皇帝下達催戰令才採取行動。原本計畫兵分三路，渡過北上川進攻，卻遭遇蝦夷軍夾擊，包含中箭與落河溺斃者在內，死亡者超過千人，最後以敗戰收場。

而當時的對手正是阿弖流為。

衣川以北即是他們的土地。

離開多賀城約十天後，眼看著即將抵達衣川，田村麻呂刻意進入附近的山中露宿一晚，留下馬匹，剩下的路程用走的。所幸積雪並不深，以人類的腳力，大約三天就足以往返了。田村麻呂交代馬伕若是五天後自己還沒回來，就回多賀城通風報信；之後，他便帶著石成等人前往衣川。

「……天空好藍啊！」

田村麻呂呵著白色氣息喃喃說道。天空的顏色明明和長岡京或平城京一樣，不知何故，在這裡看起來格外蔚藍，或許是因為有白雪映襯之故吧！京裡也會下雪，但是沒有這裡積得這麼深。

「沒有聲音，感覺起來怪恐怖的。」

石成一面慎重地爬下斜坡，一面打量周圍。積雪吸收了聲音，因此就連偶爾傳來的鳥叫聲都令人心驚膽跳。

越過小沼澤，穿越樹林，斜坡上不再盡是白雪，開始露出泥土之際，田村麻呂突然停下了腳步。一股只能說是直覺的預感警告他別再繼續前進。瞬間，一支箭掠過田村麻呂的臉頰，射中旁邊的樹木。

「田村麻呂大人！」

石成叫道，兩人都立即趴下。隨後，第二波箭矢飛來，射中剛才田村麻呂等人的腦袋所在的位置，箭術之精準令人咋舌。

「不妙。」

田村麻呂說道，揮動手臂，命令部下散開。聚在一起，只會變成活靶。對方已經掌握了我方的位置，八成是位於後方的山崖上吧！從這裡看過去是死角，不知道對手有多少人，但可以肯定是蝦夷人；除此之外，沒有突然遭受攻擊的理由。田村麻呂沒料到他們會在雪季來到衣川的這一側。

他不願意在這種地方引起爭端。

田村麻呂暗自尋思有無平安脫身的方法。然而，現在才找藉口，似乎為時已晚。

「……石成。」

田村麻呂呼喚躲在樹叢裡的部下，說道：

「我去引開他們的注意，你們趁機逃走。如果平安脫身，到多賀城會合。」

「可是！」

「交給你了。」

田村麻呂連珠炮似地說道，離開了樹蔭，走到較為開闊的場所，好讓對方看見自己。他隱約聽見了拉弓聲，幸好箭矢沒有飛過來。

「闖入爾等的土地，很抱歉。」

或許話說到一半，就會有飛箭貫穿自己的身體。田村麻呂壓抑著這股恐懼，毅然決然地抬起頭來。

「我無意引發爭端，馬上就會離開。」

石成等人正壓低腳步聲移動著。田村麻呂一面感受他們的氣息，盡可能地表現出光明磊落的模樣。

「你的目的是什麼？」

不久後，山崖上傳來了聲音。一個身穿黑色毛皮的短髮男子從白雪覆蓋的岩石後方探出頭來。他的身材並不高大，目光卻像是身經百戰，只要被那雙野獸般的眼睛盯上，便會忍不住打顫。

田村麻呂遲疑該如何回答，最後還是說了實話。

「我是來調查的，探勘附近的地形。初來乍到，人生地不熟。」

男人見田村麻呂居然輕易招來，似乎有些錯愕，但是也變得更加警惕了。

「這麼老實，反而可疑。聽說有軍隊抵達了多賀城，你們該不會是先遣隊吧？」

「套上隊字太過誇張了。再說，在這種季節打仗，只會自取滅亡。說來遺憾，我們不擅長在雪地裡打仗。」

田村麻呂聳了聳肩。他來這裡也是情非得已。

「上回的戰況我也略有耳聞，正因為知道你們不容小覷，我才會來此地探勘。別問我為何選在這個時期前來，問了我也只會抱怨頂頭上司而已。所以——」

踏雪聲傳來。

「所以，可否放了我的部下？」

聞言，被擒的石成等人從樹蔭現身了。他們的雙手都反綁在身後，脖子被刀抵住。田村麻呂咬住嘴唇。他只顧著注意山崖，竟沒察覺敵人已經來到附近。石成等人是他從眾多部下之中精挑細選而來的精銳，絕非輕易束手就縛之輩，由此可見雙方的實力差距有多麼大。不習慣在雪地裡行動，也是個很大的因素。

「你的說法無憑無據，就算有，我們也沒有義務放你們回去。既然是調查隊，就更該斬草除根。」

山崖上傳回冰冷的聲音。果然沒這麼容易脫身。田村麻呂暗自咬牙。即使現在拔刀，山崖上布有弓箭部隊，他毫無勝算。

難道得死在這裡？

田村麻呂不著痕跡地以手按刀，尋思最後的計策。至少得挽救部下的性命。他如此暗想，將刀連著刀鞘自腰間卸下。

石成意會過來，倒抽了一口氣。

「抓我當人質，放我的部下一條生路吧！」

田村麻呂把刀放到腳邊，顯示自己沒有抵抗之意。

「別看我這樣，我可也是副將之一，多少有點價值……」

「不行！」

石成叫道，背後的男人制止了他。

「副將？」

山崖上的男人重新打量田村麻呂，評估這句話的真實性。

「我在京城裡擔任近衛少將。老實說，來這裡非我所願。」

田村麻呂在刀前坐了下來。

「要殺要剮，悉聽尊便。」

這句話是他的肺腑之言，半點不假。他不想死得毫無價值，但也不想繼續這種愚蠢的爭戰。

「上司為了部下交出性命？很偉大，但不聰明。看來朝廷還是老樣子，找了個蠢材當副將。莫非朝廷已經連個像樣的人才都沒有了？」

「這我無法反駁。我也已經厭倦去伺候那些頑固的老頭子了。把部下拖下水，是我的失策，我理當負起責任。」

田村麻呂攤開雙手，顯示自己手無寸鐵。

「可否告訴我你的名字？我以為蝦夷的猛將只有阿弖流為一人，原來並非如此。」

阿弖流為大概是檯面上最為知名的一個吧！思及這回之事，想必還有許多不為朝廷軍所知的猛將存在。

山崖上的男人略微思索過後，說道：

「——母禮。周圍也有人叫我磐具公……你認識阿弖流為？」

「對……不過已經是二十年前的事了。」

說著，田村麻呂正襟危坐。

「磐具公，母禮壯士，你的手腕確實高明。吾乃坂上田村麻呂——」

原本他計畫在說完話的同時掏出藏在懷裡的短刀，刺向離自己最近的蝦夷人手臂。他的部下絕不會錯過這個機會。就在田村麻呂正要掏出短刀之際，一條和圓木一樣粗壯的手臂壓住了他的手。

就在他暗自訝異的同時，懷念的記憶閃過了腦海。

「別做傻事，田村麻呂。」

輕易地制住自己的手臂、面露賊笑的男人有張再熟悉不過的面容。

「阿弖流為！」

呼喚這個名字的聲音比自己所想的歡喜許多。

⛩

阿弖流為和他的根據地膽澤地方周邊的村長們建立了牢不可破的合作體制，而母禮也是其中之一。他們在朝廷軍的入口衣川周邊蓋了好幾座望樓，隨時可以進行監視。除此之外，在稍不留意便會忽略的野徑盡頭也有補給小屋，或是引誘敵人落入圈套用的山寨。田村麻呂和石成等人被帶往的小屋位於剛才母禮所在的山崖上，雖然簡陋，但有灶台可供炊煮，外頭也可以繫馬，大概是供輪班監視人員暫歇的處所吧！

「帶我來這種地方，不要緊嗎？」

被示意入內的田村麻呂在小屋入口一臉困惑地問道。他還以為自己會被帶往牢房。

「無妨，反正我們早就打算將這座小屋遷往他處了。不過，只有你能進去。不必擔心你的部下，沒有人會傷害他們。」

聽了這番話，田村麻呂便和石成道別，獨自進入了小屋之中。屋內似乎一直燒著柴火，十分溫暖，與積雪的屋外天差地遠。

「原本以為朝廷軍不會在冬天來襲，我們也因此放鬆了戒心，這次可說是個很好的訓練，對吧？母禮。」

阿弖流為說道，母禮默默地點了點頭，但雙眼中的警戒之色始終未消。

「沒想到將軍的兒子竟然成為副將回到這裡來。」

「……真虧你還記得。」

「在樹林裡看見你的頭髮時，我就想起來了。一照到陽光，就像金子一樣閃閃發亮。」

見了阿弖流為一派天真的模樣，田村麻呂有些錯愕。虧他長得虎背熊腰，表情卻宛若孩童。

「你不也記得我？」

「我怎麼會忘？在多賀城度過的半年，是我人生中最充實的時光。你教導我的知識，我到現在都還記得。挑選良馬的訣竅，以及可以拿來當染料的野草……」

聞言，阿弖流為面露賊笑，問道：

「你還記得頭一次在森林中遇見你時，我跟你說過小時候在山上迷路的事嗎？」

「嗯，記得。你說你和朋友都不知如何是好。那又怎麼了？」

田村麻呂不明白他為何詢問此事，歪頭納悶。

阿弖流為瞥了坐在自己身旁的男人一眼，說道：

「那個朋友就是母禮。」

田村麻呂不禁睜大眼睛，打量表情依然像隻威嚇猛獸的母禮。從他的剽悍外貌判斷，現在若是在山裡迷路，應該可以靠著吃山豬或熊活下來。

「出於某些緣故，我們現在住在不同的村子裡。不過，正因為如此，才能聯手抗敵。」

「原來如此……」

「你叫田村麻呂是吧？」

母禮低聲呼喚一臉困惑的田村麻呂。

「你說你是來這裡調查的，是真的嗎？」

田村麻呂將身子轉向他，回答：

「是真的。我得罪了上司，明知命令不合理，還是只能遵從。」

「你的上司是？」

「將軍，大伴弟麻呂大人。原本我是打算勘查衣川過後就立刻回城的。」

田村麻呂又把剛才那套說詞搬出來。這是實話，他也只能這麼說。

「勘查衣川做什麼？」

然而，母禮並未停止追究。

「不做什麼，只是認為這裡很有可能再次成為戰場。倘若向將軍稟報我去弔祭陣亡的將士並順道勘查衣川，將軍的怒氣或許就會消了——」

「你們的將軍是個會因為這種事而消氣的白癡嗎？」

「母禮。」

阿弖流為勸戒說話不留情面的母禮。弟麻呂的怒氣是否會消，並非取決於田村麻呂有沒有前往衣川，而是取決於他有沒有聽從自己的命令。思及這一點，或許田村麻呂根本不必大老遠跑來這裡。

「……老實說，我對於朝廷軍始終無法跨越的前線也有點興趣。小時候雖然住在多賀城，卻從未來過這裡。」

「話說回來，你到底捅了什麼漏子，才落到這般田地？」

阿弖流為詢問，田村麻呂不知該如何回答。看母禮的態度，若是撒謊掩飾，只怕馬上就會被揪出矛盾之處。

「——將軍要我獻計，我說得先花上一年的時間慢慢了解這片土地的地形才行，而他聽了，似乎認為我是個怯戰的廢物。」

田村麻呂想起多賀城裡發生的事，抓了抓腦袋。

「再這樣下去，即使等到春天雪水退去以後再開戰，同樣會重蹈覆轍。更何況這次的兵力雖然是上次的兩倍，多達十萬，但幾乎都是烏合之眾，士氣與憎恨官府而團結一心的你們大不相同。攻打蝦夷終究只是遷都的煙霧彈而已。」

聽了田村麻呂這番直接了當的話語，阿弖流為與母禮對望了一眼。

「遷都的煙霧彈？」

「朝廷想要的不是東北的黃金嗎？」

「黃金當然也想要，畢竟金子是越多越好。不過，聖上打算從長岡京再次遷都，現在滿腦子都是這件事。在短期間內遷都，必然會引起反對；聖上應該是認為在這種關頭，有蝦夷這個共通敵人存在，較容易團結臣民之心吧！」

田村麻呂有些支支吾吾地說明。對於蝦夷而言，這絕不是愉快的話題。

「朝廷打算愚弄我們到什麼時候！」

母禮握緊拳頭，揍了地板一拳。小屋裡的其他蝦夷人也紛紛發出贊同或憤怒之聲。這也是當然的——田村麻呂暗想。他們根本是平白無故遭殃。

「田村麻呂。」

在憤怒的漩渦裡，阿弖流為的冷靜呼喚聲替小屋找回了平靜。

「你自己對於東征有何想法？」

望著自己的雙眼雖然沉穩，卻反倒讓田村麻呂起了雞皮疙瘩。始終綜觀大局、應機立斷的阿弖流為，和血氣方剛卻能轉化為鬥志的母禮；這對首領搭檔互補長短，雖為敵人，卻堪稱絕配。

「……既然被任命為副將，身為效忠聖上的將門一族，完成任務是我最大的使命。守住家父一手建立的坂上家地位，是我的職責。」

田村麻呂堅定地望著阿弖流為的眼睛，說道：

「——不過，老實說，我認為締結和議才是上策。再這樣下去，只是徒增雙方的損傷而已。」

「……締結和議嗎？」

「沒錯。蝦夷與大和，雙方攜手合作，分享資源，互補不足。這麼做要來得有建設性多了。」

小屋內鴉雀無聲。田村麻呂不明白這是什麼反應，下意識地倒抽了一口氣。他知道現在才提出和議，一定會有許多人反對。

「……這麼一提，你說過曾向嶋足學習箭術。」

阿弖流為突然想起這件事，開口詢問。

「嶋足？那個大名鼎鼎的嶋足？」

母禮驚訝地望著田村麻呂。

「沒錯，嶋足是家父的盟友，他告訴我蝦夷絕非敵人。不光是他，在多賀城的期間，有許多蝦夷人都待我很好，包含呰麻呂在內。」

聽到呰麻呂的名字，眾人帶著異於剛才的表情沉默下來。在伊治城殺了歸順朝廷的同胞，火燒多賀城，起兵造反的他深深地烙印在蝦夷的歷史之上。向來順從朝廷的呰麻呂突然反擊，底定了此後蝦夷的反抗態勢。那是距今十三年前的事，自田村麻呂離開多賀城已有十年之久。在這十年間，呰麻呂的心中或許累積了許多無法化消的怨恨吧！

「……你離開多賀城之前留下的書信，呰麻呂有轉交給我。轉眼間已經過了二十多年啦！」

阿弖流為喃喃說道。聞言，田村麻呂想起了在多賀城道別時的呰麻呂。他似乎遵守了承諾。

「……如果可以不打仗，我們也不想打啊！對吧？」
不久後，坐在門邊的年輕人輕聲對身旁的男人說道。
「這樣就不必擱下農務和打獵去訓練了。」
「奶奶也用不著那麼辛苦了。」
「我也想替妹妹辦個婚禮。」
「如果老婆肚子裡的孩子可以不被捲入戰火的話——」
「安靜！你們忘了過去吃過多少朝廷的悶虧嗎！」
在母禮一聲斥喝之下，眾人都閉上了嘴巴。不過，那應該是他們的肺腑之言吧！若是詢問駐守多賀城的士兵，想必也會得到同樣的答案。
「不過，母禮，你不認為不能再繼續忽略這些心聲了嗎？」
阿弖流為說道，母禮苦著臉沉默下來。
「現在這個時期與田村麻呂重逢，或許正是荒脛巾神的指引。」
白色貝殼在如此訴說的阿弖流為胸前搖晃著。

「老實說，我們以前也討論過和議。」

阿弖流為帶著田村麻呂離開小屋，一面沿著踩得硬邦邦的積雪野徑而上，一面說道。田村麻呂夾在阿弖流為與母禮之間，在不習慣的雪地上行走。

「也曾經為此推行計畫，但是最後以失敗收場。堅決反對的人實在太多了，對吧？母禮。」

阿弖流為將話鋒轉向母禮，而母禮只是默默地撇開了臉。田村麻呂能夠體會他的心情。雙方付出的犧牲太多，阻礙了和議。

「如果朝廷主動求饒，我可以考慮。」

「別給我出難題，這是不可能的。」

田村麻呂板起臉孔，搖了搖頭。若是朝廷拉得下臉，東北戰事早就結束了。

走了十分鐘左右的山路，阿弖流為帶著田村麻呂來到一個開闊的場所。從這個地方，不僅衣川，還可以遠望被雪覆蓋的平原。白雪在陽光的照耀之下閃閃發光，宛若身在雲端。

「我只是想保護這個故鄉而已。」

母禮在田村麻呂身邊喃喃說道。

「這裡是我們的母親荒脛巾神所在的土地，不容大和人踐踏。」

母禮恨恨地說道，折返來時的道路，回到了小屋。田村麻呂無言以對，只能目送他的背影離去。對於他的這番話，田村麻呂無從反駁。

「……母禮在先前的戰爭中失去了哥哥，你別責怪他。」

阿弖流為替他緩頰。

「這樣啊……難怪無法接受和議。」

田村麻呂垂眼望著母禮留在雪地上的足跡。該怨恨戰爭？還是該怨恨人？有時候，他真的不明白。

「田村麻呂，那一天你說過『只有傻子才會打沒有意義的仗』，對吧？」

突然被這麼一問，田村麻呂連忙搜尋記憶。

「……我好像說過。」

「我記得很清楚。當時我還想，這小子雖然是個小孩，說的卻是真理。而你的信念現在似乎依然沒變。」

比自己高大的蝦夷人望著遙遠的高空。那雙黑眼眨了一眨，落向了自己。

「我會放了你們。相對地，希望你能夠摸索和議之路。」

「……不要緊嗎？」

田村麻呂慎重地確認。他不認為母禮會默不吭聲。

「當然，就算你們提出和議，或許我方也不會輕易答應。不過，就我個人的看法，多一個選項也不壞。」

阿弖流為凝視著自己的眼神之中不帶半點虛假之色，這應該是他的真心話吧！雖然情感上難以接受，但是留張最後的王牌在手中，並沒有損失。沒有人會急著去尋死。

「——這裡沒有荒脛巾神之花嗎？」

田村麻呂環顧周圍，如此問道。阿弖流為有些詫異地搖了搖頭。

「現在離開花的時期還早。那種花一年開兩次，分別是在春天和秋天。春天的時候，就像是在歡慶融雪；秋天的時候，就像是在鼓勵人們度過寒冬。」

「原來如此。可是這樣一來，就沒有立誓用的信物了，該怎麼辦？」

阿弖流為這才明白田村麻呂的用意，面露苦笑。

「無妨，荒脛巾神隨時都在看著我們。對這片蝦夷的大地立誓吧！」

阿弖流為手指的大地呈現一望無際的清澈銀色，田村麻呂打從心底認為這麼美麗的地方若是被血弄髒，未免可惜。就在他如此暗想的瞬間，似乎有股暖意輕撫他的臉頰。

「——是令堂嗎？」

「唔？」

察覺田村麻呂突然抬頭仰望上空，阿弖流為面露訝異之色。

「不，我只是感受到以前你帶我去塚前時吹起的那陣風的暖意。」

「哦？那說不定真的是娘親。」

「既然連令堂都在催促我，那就不能推辭了。」

田村麻呂裝模作樣地清了清喉嚨。

「我會全力以赴的。」

田村麻呂筆直地凝視著阿弖流為的雙眼說道，並重新打量阿弖流為。已經過了二十年，他依然不見絲毫衰退之色；手臂粗壯，手掌厚實得驚人，顯然是個持續勤練箭術與刀法的戰士。

「我實在不想和你打仗。」

雖然田村麻呂的體格也成長許多，在京城裡算得上是高頭大馬，可是與阿弖流為一比，他可就自信全失了。田村麻呂看著自己的掌心喃喃說道，而阿弖流為聽了哈哈大笑。

三

平安回到多賀城的田村麻呂為了僭越本分之事而向弟麻呂誠心謝罪，冷靜下來的弟麻呂也緩和了表面上的態度，贊同了解地形的重要性，並表示最快要到明年以後才會出兵。這是因為皇帝尚未賜予弟麻呂節刀，沒有節刀，就不是正式東征之故。

過了夏天，弟麻呂為了領受節刀而暫且回京，田村麻呂也奉命同行，包含俊哲在內的其餘副將則是留守多賀城。前往京城的路途遙遠，單程就要五、六十天，來回要花上一百多天；思及此，挑選最為年輕的田村麻呂同行似乎有理，卻也有點像是要故意找份苦差事給他做。田村麻呂自然無法推辭，在深秋時分回到了長岡京。建設新都的土地已經選好了，隨時可以開始動工。待田村麻呂等人再次前赴多賀城、結束東征以後，或許返回的就是新都了。

這一天，和弟麻呂一同謁見皇帝之後，田村麻呂前去探望最近入宮的女兒春子。三年前，妹妹又子留下稚子過世，而春子旋即接替她入宮。

「下次什麼時候回東北？」

自幼溫文嫻靜的春子擔心又得長途旅行的父親，一直為此發愁。

「大概是過完年以後吧！東北積雪最深的時期。」

田村麻呂露出無奈的苦笑。他在京裡也偷不得閒，必須籌措糧食與日用品。

「至少多休息幾天，調養身子……」

「要是休息太久，身手變得遲鈍，反而不好。再說，我還得鍛鍊聰哲。」

「他說和爹爹比劍總是輸，很沒意思。」

「他居然以為他有機會贏？」

「哎呀！」

父女忍不住放聲大笑。睽違數個月的重逢就在安詳的時光中度過了。

「朕還在想怎麼如此熱鬧，原來是你來了啊！」

正當兩人閒聊之際，房門口突然傳來這道聲音。田村麻呂回頭一看，連忙端正姿勢，垂頭行禮。春子是妃子，皇帝來此是天經地義。田村麻呂原打算立即退下，皇帝卻說了聲無妨，留他下來，並慰勞他擔任副將的辛勞。

「田村麻呂啊！剛才當著弟麻呂的面，有些話你應該不方便說吧！在你看來，東北和蝦夷的情況如何？老實向朕稟報。」

皇帝問話的語氣相當平和。託亡父留下的功績與又子、春子的福，皇帝對田村麻呂青眼有加；這固然是件可喜之事，卻也是日益沉重的負擔。

「臣想起小時候跟著家父在多賀城生活的往事。對於臣而言，那是個令人懷念的地方。」

「是嗎？那倒是。你有認識的蝦夷人嗎？」

「有幾個……不過，有的已經過世了……」

田村麻呂回答，遲疑著是否該說出那件事。這樣的機會千載難逢，利用此時不著痕跡地提起，窺探皇帝的反應，或許也不壞。

「戰爭會替雙方帶來無可避免的損傷。臣以為不如當機立斷……」

「哦？你有什麼想法？」

「臣所說的只是一種可能性，比如──和議。」

聞言，皇帝挑起了眉毛。

「坂上不是將門世家嗎？居然說出如此怯懦的話。」

說著，皇帝開開心心地將高腳盤裡的麻花捲放進嘴裡。

「一開始不接受招撫的是他們，所以朕才會前後兩度下令東征。」

「聖上說的是。然而，在上次的戰爭之中，對方也同樣受到了損傷；現在見識了我軍的實力，或許他們的想法已有所改變。況且，膽澤的阿弖流為與磐具公母禮聯手建立了聲勢浩大的聯軍，縱然我軍在弟麻呂大人的率領之下必勝無疑，只怕也會造成相當的犧牲。倘若遷都之前出現過多傷亡，或許會惹來非議，說新都不吉利。」

桓武帝是個任何芝麻小事都可以視為吉凶徵兆的人。從天候陰晴、眼前有葉子掉落，到動物路過、魚兒跳出水面，他常為了這類瑣事終日鬱鬱寡歡或樂不可支。「不吉利」是打動皇帝的關鍵字。

「既然如此，田村麻呂，你就努力減少傷亡吧！」

有生以來從未見過戰場的皇帝滿不在乎地說道。

「……臣當然是這個打算。」

「遷都之事已定，朕希望明年的這個時候就能遷過去。聽說那個地方的方位很好。」

麻花捲在皇帝嘴裡喀茲作響。對他而言，大和人民的性命與蝦夷人民的性命或許都和他隨口品嘗的點心一樣吧！

「田村麻呂，聽說你在多賀城和弟麻呂起了點小衝突？」

突然被這麼一問，田村麻呂一時語塞。

「朕聽了報告。聽說你建議先按兵不動一年，好觀察地形？朕認為這個想法不錯，不過對於弟麻呂而言，似乎稍嫌乏味了一些。」

田村麻呂無言以對，垂下了頭。若是皇帝判斷他無法與上司和睦相處，或許會將他調離這次的任務。然而，田村麻呂不能退出這次的東征。

「對不起……臣太自以為是了。」

「哎，現在弟麻呂也接受了這個看法，採納你的計策，不是很好嗎？」

呵！皇帝笑了一聲，繼續說道：

「要提倡和議或是從長計議都無妨，不過該做的事還是得做。別忘了自己的身分尚不足以獲賜節刀。」

皇帝留下這句話之後便離去了。雖然他並未動怒，卻給了明確的警告：你還沒有資格說這些話。

「……爹爹也真是辛苦了。」

送皇帝離去以後，春子喃喃說道。

田村麻呂長嘆一聲，仰望天花板。不知幾時冒出的汗水滑落下巴。

「節刀啊……」

節刀是皇帝賜予遣唐使或出征將軍的任命信物，意味著暫時委任權力；換句話說，即是掌握了部下的生殺大權，而且可以先斬後奏。在這個時代，刀是戰爭時使用的武器之一，是權力的證明，也是信任的證明，而自己的地位與實力尚不足以讓皇帝委以大任。再這樣下去，田村麻呂既無法顧全皇帝的顏面，也無法顧全阿弖流為的顏面。他知道蝦夷人並非貿然提起和議之事。這麼一想，在沒有對荒脛巾神之花立誓的狀態之下，真虧阿弖流為居然信得過自己。

「……信任。」

田村麻呂喃喃說道。下一瞬間，他連忙向春子道謝，拔足疾奔，找尋聰哲去了。

⛩

田村麻呂向聰哲打聽這一帶技藝最為高超的刀匠，而聰哲不假思索便說出了「天石」的名字，又說他同時也是最難委託的刀匠，因為他已經「退休」了。

「從前官營鑄鐵場就是因為看重他的本領而聘請他的，不過現在他以年事已高為由引退，專心培育弟子。也不知道是從什麼時候開始的，他變得很厭惡打造戰爭用的兵器，現在打的大多是獻給神佛的刀劍……」

聽說天石的長男就在聰哲時常逗留的官營鑄鐵場裡工作，而聰哲自己也去過天石的打鐵舖幾次，因此這個情報可說是十分可靠。

「不過，只要田村麻呂大人說明用意，他一定會點頭的。他現在住在那裡，說不定正是老天爺的安排呢！」

聽哲如此說道，並陪同田村麻呂前往天石的打鐵舖。

天石的打鐵舖在山背國與大和國等地輾轉遷徙，目前是位於大和國的高市。田村麻呂的宗親也居住在該地，從前父親苅田麻呂曾向當時的皇帝上表舉薦同族的檜前氏擔任郡司，因此對於田村麻呂而言，可說是相當友善的地區。想當然耳，疏通郡司輕而易舉，田村麻呂很快便徵得了與天石見面的許可及替此事保密的承諾。

「這把刀是要拿來對神明立誓的。」

天石驚訝地凝視著一來到打鐵舖便如此聲明的田村麻呂。天石的腳似乎瘸了，拄著拐杖，手臂骨瘦如柴，令人不禁擔心他是否真拿得起鎚子。

「對神明立誓？」

「對。如果可以，希望能在過年之前打好。」

聽了田村麻呂的要求，兒子福萬呂戰戰兢兢地打量亦是師父的天石與田村麻呂。此時，被附近的小孩團團圍住的聽哲總算來到了三人身邊。

「抱、抱歉，天石老師傅，福萬呂師傅，這位官爺是我帶來的——」

見了聽哲，福萬呂顯然鬆了口氣。

「原來是聽哲大人的朋友啊！」

「對，他說務必要請天石老師傅打刀……」

在聽哲的注視之下，田村麻呂點了點頭。

「這件事只有爾能勝任。郡司那邊我已經打點好了。」

「可是，如您所見，家父年老力衰，即使是聽哲大人的朋友，實在難以……」

「不。」

天石制止打算婉拒的福萬呂，刀匠的眼中隱約閃過了不容輕侮的光芒。

「細節進屋以後再談吧！請……」

在天石的催促之下與聽哲一同進入的打鐵舖是用木板圍住四角的柱子，以乾草覆蓋屋頂而成，十分簡樸。弟子們在裡頭收拾工具，不知道是不是剛熄火，還留有一股炭香味及暖意。品質良好的木炭並不是一般老百姓用得起的，而從弟子的人數，也可看出他是個備受禮遇的刀匠。田村麻呂不能老實說出自己是為了與蝦夷的和睦而打刀，只說是想贈刀給某人做為信物。

「只要那人與我攜手合作，就不會再有人流不必要的血。這把刀將會成為確鑿的信物。」

「為何找上我打這把刀？」

天石詫異地問道，畢竟雙方是初次照面，他連田村麻呂的名字都不知道。田村麻呂這才想起此事，鄭重地說道：

「抱歉，尚未自我介紹。我是坂上田村麻呂。」

「坂上……令尊莫非就是苅田麻呂大人？」

「正是。原來家父的名聲也傳到這裡來了？」

「在高市可說是無人不知，無人不曉。是聽哲大人介紹您來的？」

天石望向坐在田村麻呂身邊的聽哲，聽哲沾沾自喜地說道：

「一問到技藝高超的刀匠，我想到的只有天石老師傅一個人。」

「聽哲似乎常在這裡逗留，希望沒有打擾到你們。」

田村麻呂用兄長的口吻說道，天石微微一笑。

「他比任何人都更加專心查看爐火的顏色。」

「如果他對武藝也有這般熱忱就好了。」

田村麻呂瞥了聽哲一眼，而聽哲裝作沒聽見，瞥開視線。不過，多虧了他的人脈，才能找上這個打鐵舖；思及此，倒是不能小看他對刀劍的熱情。

「天石，我想贈刀的對象說他的母親是神明。」

「母親是神明？」

「聽起來很滑稽吧？不過，我倒覺得不無可能。事實上，我曾經在奉祀神明的石塚前感受到一陣和春天的陽光一樣溫暖的和風，而當時的季節明明是晚秋。那個地方盛開著一種美麗的淡青色花朵，他們稱呼那種花為神之花，並用來立誓的花。」

「用花立誓……」

聞言，天石若有所思地沉默下來。

「我們看不見神佛，不代表神佛不存在；即使沒有雕刻成神像，還是該加以敬畏。他的母親是否真是神明不得而知，但是我不希望那片繁花錦簇的美景被踐踏破壞。況且，只要是他說的話，我都願意相信。」

田村麻呂想起幼年在多賀城生活時，與阿弖流為一同造訪石塚之事。在那裡感受到的溫暖確實是出於母親之手。

「向他立誓，就等於向他的母親，向神明立誓。這麼一想，除了專為神佛打刀的你，沒有其他刀匠可以勝任。」

聽了田村麻呂的這番話，天石閉目片刻，接著又像是從水中探出頭來的睡蓮一般，緩緩地睜開眼睛。

「……我只是懷著感恩之心在打刀而已。」

天石打直了老邁的身軀，轉向田村麻呂。

「坂上大人，這把刀請務必交給我來打造。」

他說道，雙眼宛若發現寶物的少年一樣閃閃發光。

卄

隔年一月一日，獲賜節刀的弟麻呂與田村麻呂一同再次前往多賀城。然而，不出所料，那一年的東北同樣積雪深厚，在春天到來之前，朝廷軍只能停駐於多賀城，動彈不得。

「——抱歉。」

私下派遣使者與阿弖流為聯絡的田村麻呂來到從前見面的小屋附近，一開口便是賠罪。

「和議果然並非一朝一夕即可促成。是我能力不足，說服不了聖上和將軍。」

前往多賀城的途中，田村麻呂也曾試著遊說弟麻呂締結和議，但是對於滿腦子只想立下戰功的弟麻呂而言，只是馬耳東風。

「看吧！阿弖流為，就叫你別信任這種人。」

一同前來的母禮立刻如此說道，穿著一襲黑熊毛皮的阿弖流為面露苦笑。

「抱歉，田村麻呂，我這邊的遊說也不順利。」

「這麼說來，我們都失敗了。」

「是啊！」

母禮看著兩人對話，哼了一聲，盤起手臂。他的兒子諸岩在一旁好言相勸。他似乎也拿這個頑固的父親沒轍。

「不過，阿弖流為，我不會就此放棄的。到了春天，大概會再次開戰；在那之前，我會繼續說服弟麻呂大人，倘若說服不成，我會全力奮戰，立功揚名。若不闖出一番名堂，聖上是不會把我說的話聽進去的。」

「你根本是打算趁機把我們殺光！我們可不是為了讓你立功揚名而存在的！」

面對母禮的威嚇，田村麻呂冷靜地正色說道：

「我知道。不過，沒有強大的權力，就沒有人會追隨我。要得到權力，獲得聖上的肯定是最快的方法。」

「誰能保證皇帝一定會聽你的進言？你能說服那群愚昧參議的憑據又在哪裡？別再癡人說夢了！」

阿弖流為並未勸阻，只是聽著母禮咆哮。母禮的這番話正是蝦夷人的心聲。

「……我能夠理解母禮壯士為何這麼說。換作是我，大概也會說同樣的話吧！要你們相信我很難，可是這回的戰爭已經無可避免了。」

田村麻呂解下腰間的佩刀，遞給阿弖流為。

「現在沒有荒脛巾神之花，我另外找了樣東西替代。總不能給你官府配給品，所以我特別請人打了這把刀。雖然是大和刀，你願意收下嗎？」

阿弖流為一臉驚訝地凝視著田村麻呂遞出的刀。黑漆刀鞘上帶有雕金與螺鈿裝飾，由於沒有玉石，華美不足，卻有股穩重的魄力。

「我向嶋足學習箭術，向家父學習刀法，對於以武藝立身的我而言，刀就等於我自己。現在我將自己交給你。」

阿弖流為接過刀，拔出刀鞘；見到那美麗的刀身，母禮與部下們都倒抽了一口氣。這是把絕世寶刀，當初取刀時，同行的聰哲讚不絕口，甚至一時忘我地請求田村麻呂割愛。刀匠天石將田村麻呂的止戰之心完完整整地反映在這把刀之上了。

「……到了戰場上，我可不會手下留情。」

阿弖流為靜靜地還刀入鞘，對田村麻呂投以苦澀的視線。

「彼此彼此。我從一開始就沒想過要放水。」

「如果死了，就到此為止了。」

「那就代表天意如此。」

「那倒是。」

阿弖流為吐了口氣，笑道：

「如果我們都活下來，就能再談和議？」

「沒錯。」

母禮探出身子，似乎有話想說，然而阿弖流為舉起手來制止了他。母禮雖然較為年長，但首領終究是阿弖流為。

「好吧！這把刀就當作是立誓的信物。」

聽了阿弖流為的話語，田村麻呂抿起嘴唇，點了點頭。阿弖流為望著他，說道：

「好好活著，田村麻呂。」

而在短短數天後，朝廷軍便開始進軍衣川——

卅

持續了約一個月的朝廷軍與蝦夷軍之戰在六月十三日暫且告終。將軍雖然是弟麻呂，但不知何故，或許又是蓄意為難吧！實際上上陣指揮的卻是田村麻呂，而田村麻呂也不辱使命。

「斬首四百五十七人，俘虜一百五十人，擒獲八十五匹馬，燒毀七十五座村落……」

隔年一月底，回到新都平安京的弟麻呂歸還節刀，桓武帝主導的第二次東征就此告終。雖然早已從奏章上得知結果，親耳聽到報告，皇帝龍心大悅，大大地褒獎弟麻呂與田村麻呂。

「這回的功績更勝上回啊！弟麻呂。」

「全是託聖上鴻福。」

「遷都也平安完成了，朕的心情很好。田村麻呂，你也表現得很好。」

聽了皇帝的慰勞，田村麻呂深深地垂下頭來。他對於那些屍橫遍野的景象並非無動於衷。所有奮勇戰死的士兵，無論是大和人或蝦夷人，他都一視同仁地加以埋葬，並將遺物盡數歸還給蝦夷。除此之外，他也費了不少時間搜索趁亂逃亡的士兵，之所以延後半年回京，正是出於這個緣故。

「——不過，還是沒砍下那個阿弖流為撈什子的腦袋。」

皇帝突然如此說道，弟麻呂的背部整個僵硬起來。

「……微臣慚愧。」

「哎……也罷，他們的勢力應該已經削弱不少了。期待下次吧！」

田村麻呂五味雜陳地聆聽皇帝的這番話。期待下次，代表他尚未放棄攻打蝦夷。

直到最後，都沒有傳來阿弖流為戰死的消息。

也沒有發現疑似阿弖流為的屍體。

這次的戰爭中，燒毀的村落幾乎都空無一人，我軍的策略似乎被盡數看穿，對方的損傷想必降到了最小限度。雖然搶來許多馬，其實我方被奪的馬匹更多。馬與糧草不同，一旦被奪便無法補充，朝廷軍的機動力可謂一落千丈。對方的目的應該就在於此吧！彷彿不願意以血洗血一般。

等著吧！阿弖流為。

田村麻呂在弟麻呂身後再次決心。倘若有下一次東征，一定得名列陣容之中；為此，必須事先疏通各方人士。

我要得到權力。

為了讓緊握的拳頭不再沾染無謂的鮮血。

隔月論功行賞，田村麻呂晉升從四位下，兼任近衛少將與木工頭（註4）。同年八月，百濟王俊哲去世，田村麻呂與服喪中的聰哲依然保持往來。

半年後的延曆十五年（七九六年），田村麻呂被任命為陸奧出羽按察使兼陸奧守，就任俊哲過世之後出缺的鎮守府將軍。隔年，他受封征夷大將軍，再度踏上了東北的土地。

田村麻呂受封征夷大將軍的那一年，聰哲也被任命為出羽守，來到了東北。在前往出羽國赴任之前，聰哲拜訪了當時已經定居於多賀城的田村麻呂。

兩人為了慶祝重逢與同赴東北的奇緣而舉杯共飲的那一夜，聰哲突然問道：

「和蝦夷打仗，您心裡不難過嗎？」

田村麻呂把阿弖流為和母禮的事全都告訴他了，包含彼此都在摸索和議之路但未能找到折衷之策，以及戰火可能再起之事。再過幾年，皇帝八成又會下令東征；屆時，接令的自然是身為征夷大將軍的自己。

註4：木工寮的首長。木工寮為掌管宮內營造與木材採伐的單位。

田村麻呂沒有回答聰哲的問題，而是露出了笑容。

「我一定會結束這場戰爭的。」

這是他和阿弖流為的約定。

延曆二十年（八〇一年），征夷大將軍坂上田村麻呂獲賜節刀，前赴桓武帝主導的第三次東征。藉由此次的戰功，他晉升至從三位。

終於爬到了和從前以將軍身分率軍東征的弟麻呂一樣的位階。

开

今天太陽依舊東升，黑夜依舊天明。藏青色的天空逐漸泛白，邊緣染成了橘色，穹天迎來了耀眼的光芒。這樣的景色已經看過幾回了？阿弖流為仰望黎明，吐出了白色的氣息。

在去年的戰爭中，以征夷大將軍的身分再次臨戰的田村麻呂越過衣川，攻進阿弖流為的根據地膽澤地方。第二次東征率領十萬兵力的朝廷軍這回只帶了四萬兵力，而田村麻呂靠著這四萬兵力跨越了過去無人能達的分界線。雖然未曾短兵相接，但光是從望樓望去，阿弖流為便不禁為了敵人的統率有方而嘖嘖稱奇。尤其是俘軍的行動，似乎比以往更加精練，足見在多賀城擔任陸奧按察使的田村麻呂是如何對待歸順的蝦夷人。將領值得信賴，麾下的士兵自然士氣高昂。阿弖流為等人也擬定了各種對策，然而在缺乏男丁的狀態之下，房屋與田地都被燒毀的村落需要一段時間才能重振；第二次戰爭的傷痕尚未痊癒，第三次戰爭便開打了，老實說，大家都已經疲累不堪。蝦夷軍與朝廷軍不同，既不能從全國各地徵調糧草，也不能在短時間內籌措大量兵器，培育戰馬也需要好幾年的時間。更何況一到冬天，食物匱乏，大雪使人寸步難行，若是朝廷軍繼續這樣每隔幾年便發兵攻打，帶兵的又是田村麻呂的話，到時先精疲力盡的必定是蝦夷軍。

——是時候了。

阿弖流為在充當據點的村落中尋找母禮的身影。母禮在和朝廷軍的第二次戰爭中失去了兒子諸岩，氣力似乎變得一天比一天衰竭。上次的戰役他勉強率領了一個分隊作戰，但戰果不如預期，甚至開始感嘆自己老了。

「母禮。」

阿弖流為呼喚盤坐在奉祀荒脛巾神的石塚前發呆的盟友。他的妻子也因病過世，唯一留下的女兒嫁到南方的村子，跟隨村長歸順朝廷，據說在朝廷主導的俘囚移居計畫之下，被迫移居至下野國了。

「……聽說膽澤要興建大和的城池。」

母禮依然面向石塚，喃喃說道。

「是啊！田村麻呂就是被派來主持這件事的，大概是要把多賀城的功能移到膽澤去吧！」

「打仗、築城……真忙碌啊！」

母禮諷刺道。包含戰死的諸岩在內，所有戰士的遺物都是由田村麻呂的直屬部下石成直接歸還的，並附帶田村麻呂捎來的口信：遺體已全數厚葬。

「母禮……我們已經山窮水盡了。」

阿弖流為說道，母禮沒有回答。始終反對和議的是母禮一派，然而現在已經沒有以前那樣的氣勢了。大家都疲於征戰，也厭倦了征戰。

「相信田村麻呂吧！」

阿弖流為的腰間懸著兩把刀，過去無法想像它們會並排在一起的蝦夷刀與大和刀。

母禮依然不發一語，只是默默地抖動肩膀哭泣。

無瑕的朝陽照亮了蝦夷的大地。

「……我這麼問或許很奇怪。」

阿弖流為派遣使者求見為了建設膽澤城而回到東北的田村麻呂，是在剛入春的時候。

「真的不要緊嗎？」

田村麻呂詢問阿弖流為與站在他身邊的母禮。

他們帶著田村麻呂來到了從前阿弖流為出生長大的村落附近。雖然村落已經從原地遷往西邊，這個位於山麓的巨石齋場現在依然是他們的祈禱場，也是阿弖流為曾說過想帶田村麻呂前往的地方。生苔的岩石周圍盛開著淡青色的荒脛巾神之花。

「別問了。」

母禮板著臉孔回答。一陣子沒見，他似乎瘦了許多。

「這是大家一起得出的結論。」

阿弖流為說道，再次注視著田村麻呂。

「我，阿弖流為與母禮率領五百多人前來求和……」

在荒脛巾神降駕的依代前，兩個蝦夷人靜靜地低下了頭。

「可否請你代為引見皇帝？」

田村麻呂抿住嘴唇，皺起眉頭。

他一方面感慨這一天終於到來了，一方面卻又不願見到阿弖流為這副模樣，或許是因為他對於這位絕不屈服的北方豪傑懷有某種崇拜之情吧！

「我們的性命隨你處置，請放這些士兵一條生命。」

阿弖流為說出了從前田村麻呂也曾說過的話。

「我不認為朝廷會放過可恨的蝦夷頭目。我已經安排妻兒逃到安全的地方了。」

阿弖流為一副了無牽掛的模樣，田村麻呂只能默默地看著這樣的他。老實說，關於他們的處置，田村麻呂也有同感。思及過去的傷亡，朝廷讓蝦夷人留居故土，並大發慈悲地放首領一條生路的可能性極低。換句話說，這等於是拿阿弖流為和母禮的性命換取戰爭的終結。

「……我會向聖上稟報的。聖上可能會敕令我們進京……」

田村麻呂略帶遲疑地說道。若是皇帝命令他們進京，處刑便成了定局。那一天和石成等人被擒至今，已經過了近十年；田村麻呂已過不惑之年，而阿弖流為他們的年紀更大，是該將首領之位傳給下一代的時候了。他們大概是想親手做個了結吧！雙方都知道這場戰爭是徒費無益。

「田村麻呂，這個給你。」

阿弖流為從腰間解下一把刀，遞給田村麻呂。那是孩提時代在森林裡相遇時，他就已經佩在腰間的蝦夷刀。那把刀比大和刀更粗更短，刀柄部分帶有弧度，是其特徵。

「這是父親傳給我的刀，等於是我的右臂。我現在把它託付給你。」

接過的刀沉甸甸的。拔出鞘來一看，雖然因為反覆研磨而略微變薄，但刀身晶亮，看得出主人有多麼愛惜它。田村麻呂望著刀，緩緩地轉向巨石。他沒有料到會以這種形式來到三十二年前阿弖流為想帶他來的地方。

「蝦夷之母荒脛巾神，以及……阿弖流為的娘親。」

田村麻呂雙手捧刀，跪了下來。

「我以這把刀立誓，一定會替這片土地找回和平。」

阿弖流為和母禮也效法田村麻呂跪了下來。

「一定會保護祢的孩子們直到最後一刻。」

說完這句話的瞬間，一陣風從巨石背後的山上朝著三人迎面吹來，縈繞衣襬，飄向後方，就像是隻帶有春天香味的大手輕撫他們一般。這應該代表應允之意吧！這陣清風讓三人愣在原地，久久不能動彈。

「……我會建請聖上讓你們兩人留在膽澤。雖然希望渺茫……但不試試看怎麼知道？」

不久後，田村麻呂還刀入鞘，將刀佩在腰間。

「嗯，拜託你了。」

阿弖流為點頭，他的腰間懸著從前田村麻呂相贈的大和刀。

荒脛巾神之花在春日的照射之下搖曳生姿。

⛩

一直以來，阿弖流為與母禮讓朝廷軍吃盡苦頭，而這也正足以說明他們多麼統率有方，以及受到蝦夷人民的敬仰。只要他們歸順，蝦夷人應該就不會盲目反抗了。將他們原有的故鄉當成領地賜予他們，也有助於當地的統治。從今而後，東北不再流血，而是共存共榮。田村麻呂將他的這番看法鉅細靡遺地寫成奏章，送往朝廷。

——然而，朝廷給的答覆卻是要他帶著兩人進京。

一旦踏上平安京的土地，阿弖流為與母禮全身而退的可能性微乎其微。

「無妨，我們早已做好覺悟了。」

離開東北之前，田村麻呂表示他們也可以選擇帶著尊嚴死在故土，而阿弖流為滿不在乎地如此笑道。

「可是，一旦進京，只怕再也——」

「田村麻呂。」

田村麻呂希望他們保住性命，帶著蝦夷的驕傲燃燒殆盡，但母禮卻得意洋洋地笑道：

「對我們而言，處刑並不可怕。那是搏命奮戰的結果，身為戰士自該接受。」

母禮的眼神宛若無懼狂風暴雨的猛獸。

「再說，我們知道更可怕的東西。」

兩個蝦夷人相視而笑，田村麻呂只能五味雜陳地看著這樣的他們。

延曆二十一年（八〇二年）七月，田村麻呂帶著阿弖流為與母禮進京。田村麻呂並未把他們當成俘虜，而是當成武將看待，讓他們騎著自己的愛馬威風凜凜地踏入平安京，人們都帶著恐懼與好奇的目光看著這兩位蝦夷族長。然而，這種破格的待遇並未持久，阿弖流為與母禮隨即被關進了牢裡。即使如此，田村麻呂依然時常去牢裡探望他們，聽聞此事而從出羽暫時回京的聰哲偶爾也會一同來訪，與他們一起談論今後的東北治理大計。明知無法實現，以他們為蝦夷族長治理的東北聽起來就像火焰一樣熾熱，像雪花一樣稍縱即逝。

「對了，之前你們說的比死更可怕的東西是什麼？」

田村麻呂詢問視死如歸的兩人，而他們露出了少年般的表情，相視而笑。

「你認為呢？」

阿弖流為詢問，田村麻呂歪頭納悶。照常理推測，應該是失去家人和故鄉；阿弖流為表示這麼說也沒錯，但答案並非如此。

「正確答案是……母禮，你說吧！」

阿弖流為面露賊笑，催促母禮解答，而母禮故弄玄虛地說道：

「田村麻呂，你也試著被困在東北的深山裡就知道了。天底下沒有任何事物比眾神蠢動的黑夜更可怕，阿弖流為甚至嚇哭了。」

「你也哭了啊！」

「他還尿褲子。」

「胡說！你別相信，田村麻呂。」

幾乎教人忘了身在牢裡的和樂時光轉眼間便逝去了。

「且慢。」

七月即將告終之際，得知朝廷打算如何處置阿弖流為等人，田村麻呂立即出聲說道：

「請聖上三思。」

以田村麻呂的身分，本來是不能在這種場合發言的。他的兩側除了太政大臣（註5）以外，連眾參議也齊聚一堂，有的人以嚴厲的目光注視著他，有的人低頭迴避他的視線，有的人則是神色凝重地靜觀事態的發展。

「再思考幾次都一樣，不能放他們回東北。」

皇帝似乎有所顧忌，不願再說下去，撇開了臉。見狀，右大臣神王代替皇帝說道：

「放他們回東北，聖上龍心難安。這麼做等於是養虎為患。」

「因此應斬首為宜。」

大納言壹志濃王順著右大臣的話頭說道。他們兩人是桓武帝的堂兄弟，關係遠比田村麻呂深厚，這個結論或許也是三人研議過後得來的。

註5：中央最高行政機關「太政官」的首長。以下依位階高低，依序是左．右大臣、大納言、中納言、參議。

「可是，將主動投降的人斬首，未免太……」

「那我問你，在過去的戰爭之中，死了多少大和百姓？」

被右大臣如此質問，田村麻呂一時語塞。他至少見過兩次屍山血海了。

「你能夠憐憫蝦夷人，卻不能憐憫大和人嗎？」

「不是的。無論是蝦夷人或大和人，如果雙方都不必流血，不是最好嗎？」

「出身將門的坂上是從什麼時候開始主張兼愛的？」

右大臣以袖子掩口而笑，一陣竊竊私語聲隨之擴散開來。田村麻呂環顧四周，每個人都瞥開了視線，沒人肯幫腔。雖然他早已料到，冰冷的絕望感還是一點一滴地在胸中蔓延開來。在場眾人之中，沒有人實際和蝦夷打過仗，沒有人在深山環繞的土地上感受過荒脛巾神的氣息，以同樣為人的立場和蝦夷人面對面相處過。這些貴族嘴上憐憫著死去的大和百姓，實際上卻連他們的遺容沒看過。

失去生命的永遠是站在前線的人。

「沒什麼好說的了。處刑的日期會再派人通知你。」

見皇帝起身打算離席，大納言如此作結。

「請留步！」

「死心吧！田村麻呂。」

「請留步！聖上！」

「你有完沒完？」

田村麻呂想追上去，大納言一腳踹開了他。眾參議雖然對他投以同情的視線，卻還是敬而遠之，紛紛離去了。

到頭來，宮中沒有半個人是站在他這一邊的。縱使再怎麼升官晉爵，他畢竟不是皇族血統。

打從一開始就無能為力。

「——可笑，這種事我不是一開始就知道了嗎？」

被獨自留下的田村麻呂握緊拳頭，抬起臉來。

所以要就此放棄嗎？

默默看著兩人喪命嗎？

不。有我在，絕不會讓這種事情發生。

之後，田村麻呂再三拜訪參議，懇請他們說服皇帝。也有參議看中阿弖流為等人的統率力，贊同田村麻呂的意見，但是贊同與反對雙方僵持不下，遲遲未得出結論，日子就這麼一天天地過去了。

到了延曆二十一年（八〇二年）八月十三日。

阿弖流為與母禮即將在河內國杜山處決。

田村麻呂對此一無所知。

直到最後一刻都在替兩人討保的田村麻呂接獲這個晴天霹靂的消息之後，慌慌張張地趕到刑場，而兩人的頭顱就在他的眼前落了地。

⛩

當天的光景在腦中揮之不去，田村麻呂根本無須回憶，只要閉上眼睛，就能輕易地重現。即使成為人人讚譽的征夷大將軍，平定東北的朝廷之光，死後被奉祀為神，那天的情景祂依舊沒有一刻忘卻。

「……我還能做什麼？對吧？阿弖流為。」

頭顱落地之前凝視著自己的那雙眼睛在千年過後依然緊緊揪住田村麻呂的心不放。

田村麻呂望著被聰哲連拖帶拉地離去的天眼女娃兒背影，喃喃自嘲。

「我連自己的朋友都救不了了……」

懸在腰間的蕨手刀打從那一天起，便一直拔不出來。

要點 神明講座 5

坂上田村麻呂的墓地在哪裡？

田村麻呂是在54歲時過世的，墓地在何處並無定論。明治時代，因應平安遷都1100年而整修的墓地是位於京都市山科區，但現在認為西北方的西野山古墓更有可能是田村麻呂的墓地；不僅位置、年代一致，從陪葬品也可推測出受葬者是上級貴族兼武官。然而，現在墳墓的位置被竹林覆蓋，正確的位置不得而知。

傳說田村麻呂死後，
是以身穿甲冑、佩帶寶劍與
弓箭的模樣入殮，
就站立的姿勢被埋葬的，
象徵死後依然繼續守護平安京。

五尊　自己的角色

一

良彥是在被悄悄送往月讀命神社的兩天後上午醒來的。看見陌生的天花板與望著自己的熟悉眾神，良彥起先以為是在作夢。然而，當他試圖挪動身體時，全身上下一陣劇痛，這才知道是現實。

「嗯，看來不用擔心了。」

少彥名神在良彥身邊心滿意足地說道。

「恢復得挺快的嘛！原本以為還需要一段時間。」

身穿水干的一言主大神在枕邊俯視著良彥。祂的身旁是如釋重負的阿華。

「……這裡是哪裡？」

良彥用幾乎不成聲的聲音詢問，腦海一隅悠哉地想著難得有這麼多神明齊聚一堂。

「月讀命的神社。從仙台歸來，已經過了兩天。」

以沉著的口吻回答的是高龗神。

「兩天……？」

「嗯，我這就叫大國主神——」

話還沒說完，便有一道震天價響的腳步聲接近。

「良彥！」

跑得太快而在地板上滑倒的大國主神就這麼爬了過來。

「啊啊啊啊，謝天謝地！」

「……祢的臉靠得太近了。」

「我好擔心你！因為凡人很容易死掉！」

大國主神輕撫胸口，露出如釋重負的表情。此時，隨後到來的陌生女神一把推開大國主神，來到良彥面前。祂頂著一頭高高紮起的可愛髮型，身上疊穿著宛若春日的淡黃色與嫩綠色衣服，身後還有另外兩尊女神侍立。

「良彥公子，這次有公公同行，居然還讓您身陷險境，真是慚愧。」

說著，祂深深地低下了頭。良彥用尚未清醒的腦袋迷迷糊糊地望著祂。

「……不，呃……是我說要去的……」

「即使如此，公公和婆婆還是該阻止您才對。」

「呃……祢說的公公和婆婆是……」

良彥將眼睛轉向大國主神，只見祂一臉不快，不情不願地說道：

「就是我和須勢理。祂是我的兒媳婦……正確說來，那個兒子不是須勢理生的……」

「我是日名照額田毘道男伊許知邇神。」

大國主神話一說完，祂便報上了名字，並再次優雅地行了一禮。

「日名照……額田……毘……嗯，祢好……」

「良彥公子的傷勢是在少彥名神的指導之下，由這兩尊蚶貝比賣與蛤貝比賣，以及大氣都比賣神的孩兒們負責治療的，請安心。請您先慢慢地養好身子吧！」

說完，日名照額田毘道男伊許知邇神便表示要去準備凡人能吃的食物，離開了現場。大國主神欲言又止地目送祂的背影離去。從剛才那番話聽來，在良彥昏迷的期間，大國主神似乎被兒媳婦狠狠地訓了一頓。

「……祢的傷勢怎麼樣？」

良彥望著駝起背來重新坐好的大國主神，如此問道。記得祂也受到了傀儡的攻擊。

大國主神露出錯愕的表情，接著又慌忙彎曲各部位的關節給良彥看。

「我沒事，只有一點擦傷而已。敷了蚶貝比賣和蛤貝比賣的藥，已經好了。」

「是嗎？那就好。」

良彥大大地吸了口氣，胸口又是一陣疼痛，不過至少擠得出笑容。籠罩腦袋的霧氣總算散開了，良彥緩緩地眨了眨眼。

「……黃金呢？」

良彥詢問，大國主神一瞬間用力抿起嘴唇，搖了搖頭。

「我只顧著帶你回來……」

「這樣啊！」

「沒幫上忙，很抱歉。而且還讓你受了傷。」

「什麼話？是我自己要去的。要是沒有祢，我早就死了。」

良彥坐起上半身，這才察覺手臂及肚子被抹上了草汁般的液體，上頭還貼著樹葉，就像是貼布或紗布一樣。這種治療方式確實很有神明的風格，不過似乎沒有方便到可以立即治好他的程度。良彥在一言主大神等神的攙扶之下設法起身，雖然渾身發疼，但是勉強還能動。

「良彥先生！」

入口方向傳來呼喚聲，只見穗乃香和須勢理毘賣及聰哲一起現身了。

「穗乃香……」

「啊，抱歉，良彥，須勢理毘賣認為有知道內情的凡人在場比較好，所以把事情告訴穗乃香了。」

大國主神一臉尷尬地說道。

急忙奔上前來的穗乃香看見起床後的良彥，熱淚盈眶。

「太好了！」

說著，穗乃香用雙手摀住臉龐；見狀，良彥慌了手腳。

「呃，對不起，讓妳擔心了……」

良彥原本是不希望讓她擔心才瞞著她，結果卻適得其反。對上視線的須勢理毘賣默默地用表情威脅良彥，並指著穗乃香，似乎是要他好好安慰穗乃香。

「……呃，真的很抱歉……」

「為什麼瞞著我自己跑去找荒脛巾神？」

猛然抬起頭來的穗乃香淚眼汪汪地責備良彥，良彥忍不住縮起身子。

「知道良彥先生情況的人只有我一個耶！」

「嗯……」

「不跟我說，萬一發生狀況，我要怎麼幫忙？」

「……嗯。」

「我能做的也只有幫忙了，別把我蒙在鼓裡……」

穗乃香的聲音漸漸失去氣勢，變得越來越小，但這反而讓良彥更加扎心。他想起搭乘前往仙台的夜行巴士時，大國主神所說的那句話：你最好想像一下你走了以後會有多少人傷心。

「差使兄，幸好您平安無事。」

看著須勢理毘賣抱住穗乃香的肩膀，這回輪到聰哲在良彥身旁蹲了下來。

「不瞞您說，昨天我和穗乃香姑娘又去拜會了田村麻呂老爺一次。」

意料之外的話語讓良彥瞪大了眼睛。

「穗乃香姑娘希望能夠說服祂出面相助，所以才前去拜會的……只可惜沒能幫上忙……」

「……是嗎？」

良彥再次將視線轉向拭淚的穗乃香。她大概是在得知自己的慘狀以後，按捺不住才採取行動的吧！

「謝謝。」

良彥說道，穗乃香噙著淚水搖了搖頭。

「結果還是沒幫上忙……」

「沒這回事。也要謝謝聰哲。」

就在聰哲正要謙遜幾句時，在場的眾神猛然抬起頭來。怎麼了？良彥正要環顧四周，突然傳來一股清爽的香氣，一陣小小的旋風出現，招來了一尊男神。

「你醒了？」

無聲無息踏上地面的祂，用蘊含月光的金色雙眸捕捉住良彥，在背上搖曳的是令人聯想起黑夜的烏黑秀髮。

「……祢是……月讀命嗎……？」

那並不是良彥熟悉的白銀男神。找回荒魂，變回嬰兒的祂在弟弟的幫助之下，恢復了原本的面貌。

「原來祢是長這樣啊……」

「託你的福。記憶慢慢恢復了。只有和魂的那段期間發生的事，也靠著日記填補起來了。」

月讀命掀起形狀優美的嘴唇，微微一笑。在場的眾神紛紛垂下頭來，讓出位置給身為三貴子之一的祂。

「聽說你去找荒脛巾神的時候，我大吃一驚，更別說你最後還是負傷歸來的。真想讓你看看大國主神來求我收留奄奄一息的你時，那副慌亂的模樣。」

月讀命瞥了大國主神一眼，而大國主神聳了聳肩，一副死豬不怕滾水燙的態度。

「總不能直接送你回家吧？如果帶你去大天宮，鐵定會引起騷動；而要是回我的分社，馬上就會被岳父察覺。我認為月讀命的神社是個盲點。」

「所以才帶我到這裡來……」

腦中的各種資訊終於連上了。良彥再次環顧神社內部。在這裡查閱月讀命的日記，是半年前左右的事。這裡和大天宮一樣，內部遠比外頭看起來的寬敞，令他驚嘆不已。

「關於你的傷勢，換作平時，我是不該插手的；不過這次是神明打傷你的，所以破例讓神明替你療傷。以後可別再胡來了。」

面露苦笑的月讀命在良彥身旁坐了下來。每當白色衣袖輕輕擺動，就有一股清爽又帶有果實甜味的香氣飄來。

「給、給大家添麻煩了……」

「就是說啊！聽到你受了傷，許多神明都輪番前來探望，搞得門庭若市。」

循著月讀命的視線望去，良彥看見帶著富久與謠前來的久延毘古命和天棚機姬神等神的身影。一想到大家都趕來探望他，他一來感謝，一來覺得抱歉，心中五味雜陳。

「得知你遭受攻擊，以建御雷之男神為中心，主張即刻討伐荒脛巾神的一派變得更加躁動了。在我看來，荒脛巾神似乎已經無法做出正常的判斷了，你認為呢？」

經月讀命一問，良彥想起傀儡那張漆黑的臉龐，微微地打了個顫。

「……我和大國主神見到的並不是荒脛巾神的本體，不過祂的樣子確實不太對勁。」

還記得自己想和黃金說話，呼喚祂的名字時，傀儡就像是發了狂似地大叫。

說「為什麼不是我」。

「還說『我明明也一樣』……『兄弟該跟我一樣才對』。還有『懷抱同樣空虛的龍合而為一』什麼的……」

良彥將視線轉向大國主神，而大國主神也點頭贊同。那番話是什麼意思，良彥依然不明白。

「祂好像還有提到一個人名？可是當時我已經意識不清了，沒聽清楚。」

那是誰的名字？說出「已經不在了」這句話時的傀儡看起來哀傷不已。

「……同樣的空虛？」

月讀命摸著下巴思索。

「八成是想把方位神拉進自己沒能保住蝦夷的失落感之中吧！融入彼此的意識，使合體密可不分……若是懷有『同樣的空虛』，就更加容易了。」

「同樣的空虛……」

良彥喃喃說道。黃金也有這樣的感情嗎？也有不曾對他顯露過的深淵嗎？

月讀命彷彿看穿良彥的心思，繼續說道：

「活得久了，就會經歷許多事，即使平時沒有表現出來。一旦弱點被掌握，要分離可就難了。」

「反過來說，只要守住弱點，就能防止祂們繼續融合？」

「不無可能……」

不過，該怎麼做？月讀命含糊其辭，彷彿在如此詢問。良彥說這句話，並不是因為想到了什麼主意，只是脫口而出罷了。他哪有這種本領，可以防堵記憶或感情被讀取？思及此，良彥嘆了口苦澀的氣，腦海一隅突然浮現某種景象，不禁心下一驚。黑暗中，坐在碎裂的土器前動也不動的黃金。這是在哪裡看見的？良彥搜索記憶，卻想不起來。好像還有個眼熟的老爺爺也在場。

「雖然不知道和失落感有無關係，良彥呼喚名字的時候，傀儡有了反應；活像黑色玻璃的玩意兒裂開，露出黃金老爺那雙黃綠色的眼睛……」

大國主神仰望天花板，回想當時的情景。

「哦？對良彥的聲音起了反應？」

「在我看來像是這樣……」

說著，大國主神停頓了一會兒，又瞥了月讀命一眼。

「……欸，須佐之男命是不是知道良彥會去找荒脛巾神啊？」

聽到這句突然其來的話語，首先反應的不是月讀命，而是良彥。

「咦？為什麼？」

「試想，依良彥的性格，叫他別插手，還把他強制遣返，他鐵定會反彈；跟他說和凡人沒關係，他不大聲抗議才奇怪。我有種感覺，須佐之男命早就料到我不會擱下這樣的良彥不管……」

大國主神盤起手臂沉吟。

「或許祂也料到良彥出現的話，吃了黃金老爺的荒脛巾神會產生反應……」

「……祢的意思是，我們完全被祂玩弄於股掌之間？」

月讀命興味盎然地拄著臉頰，聆聽兩人對話。

「不過，這確實像是爹會做的事。祂的興趣就是給人出難題。」
一旁聆聽的須勢理毘賣如此說道，而大國主神投以五味雜陳的視線。
「須勢理……我為了和祢成親而通過那麼多考驗，可以別用興趣兩字帶過嗎？」
「爹只會考驗祂認為過得了關的人。或許爹打從一開始，就認為這件事一定要有良彥——凡人出力才能解決。之所以放任良彥去找荒脛巾神，也許是想看看他有多少覺悟……說不定爹早就盤算好了。」
須勢理毘賣似乎想起了什麼，繼續說道：
「去年秋天，爹曾經問我：『良彥是個好差使嗎？』當時我說他腦袋或許不靈光，不過是個好人……」
「腦袋或許不靈光？」
「仔細回想起來，當時爹似乎就已經在評估良彥了。」
須勢理毘賣沒理會良彥的嘀咕，如此說明。
「祂對良彥先生……有什麼期待嗎？」
須勢理毘賣身邊的穗乃香問道。
「須佐之男命……早就料到會有今天的局面……？」

聽了這道輕問聲，眾人的視線自然而然地集中到月讀命身上。祂身為哥哥，知道弟弟打什麼算盤，倒也不足為奇。不期然地受到眾人注目的月讀命面露苦笑，開口說道：

「很遺憾，我並不知道舍弟在打什麼算盤。我只知道祂的情報來源遍及全國各地，現在也有許多精靈和眷屬神奉祂之命四處收集情報。」

這句話究竟是真是假，良彥無從確認；就算月讀命真的知情，也有可能隱瞞不說。既然如此，還是直接向本神確認比較快。

「哎，就算我真的是按照須佐之男命的算盤在行動，只要能夠救出黃金，倒是沒關係……」

良彥喃喃說道，仰望天花板。對手是神明，他占不了上風；對方若要將他玩弄於股掌之間，他也只能乖乖被玩弄。

「……呃，雖然現在才問好像太遲了，我可不可以問一個問題？」

良彥突然想起一事，將視線轉向月讀命。

「什麼問題？」

「三貴子，呃……是站在哪一邊的？祢們算是救回黃金、阻止『大改建』那一派的吧？」

面對這個直率的問題，月讀命露出了意味深長的笑容。

「這個嘛，家姊天照太御神是打算等待國之常立神出面。」

「那祢的打算是？」

良彥戰戰兢兢地問道。這時候應該不會出現什麼大反轉吧？或許是因為良彥一副可憐兮兮的樣子，月讀命垂下頭來，抖著肩膀忍笑，賣了個關子以後才開口說道：

「雖說是差事，你畢竟有恩於我——不過，當我必須以神明的立場下判斷時，我可就不見得會站在你這一邊了。」

聞言，良彥鬆了口氣，同時下意識地打直腰桿。

「嗯……我明白了。謝謝。」

神明向來蠻橫無理——最先告訴良彥這個道理的，好像是阿華。

祂們絕不是替人們實現願望的存在。

「不光是我。世上既有嘴上說凡人只是隨季節飄落的樹葉，卻對樹葉倍加呵護的好事神明，也有關注嫩葉萌芽的神明。」

月讀命撿起從良彥身上掉落的樹葉。貼在藥液塗抹處的樹葉如今已經完全乾掉了。良彥不知道是誰替自己貼上的。

「先養好傷吧！你應該餓了吧？」

「……老實說，我餓死了。」

話才剛說完，良彥的肚子便咕嚕咕嚕地叫了起來，引來滿堂的輕笑聲。

二

良彥原本預定在仙台住一晚，隔天搭乘夜行巴士回京都，按照計畫，今天早上他就該回到家了；若是到了家人都已經回家的晚上他還沒到家的話，母親八成會傳簡訊來問他人在哪裡。良彥現在走起路來還一跛一跛的，決定在月讀命的神社裡多留一天，便聯絡母親，告知要在仙台多住一晚。明天的打工只能以身體不適為由請假了。雖然會造成公司的困擾，要是他以這種狀態出勤，反而會害大家擔心。幸好現在並非繁忙期，應該不至於忙不過來吧！

大國主神的兒媳日名照額田毘道男伊許知邇神替良彥準備了他能吃的餐點，當他終於填飽肚子時，大地主神和田道間守命帶著水果與零食等伴手禮前來探望他。

「幸好你平安醒來了。」

良彥正在吃穗乃香笨手笨腳地削好的蘋果，大地主神望著這樣的他，露出如釋重負的表情。

「我本來還很擔心呢！啊，若不嫌棄，這個也請拿去享用吧！」

田道間守命遞出一整袋的仙貝，良彥心懷感激地收下。不知祂們是否討論過甜粉的成分了？

「大天宮的情況如何？」

月讀命倚著肘枕，一面吸菸管，一面問道。夜色頭髮在祂的背上流瀉而下。

「還是老樣子，鷹派和鴿派互相牽制。兩派都贊成救出黃金，可是目前還找不到方法，所以兩派都欠缺殺手鐧。」

良彥察覺聽哲正興味盎然地打量著仙貝，便分了一些給祂。田道間守命指著仙貝，得意洋洋地說明何謂甜粉。

「果然如此。」

月讀命若有所思地吐了口煙，或許祂其實什麼也沒想。比起直來直往的弟弟，哥哥要來得難以捉摸許多。不過，至少可以確定祂現在是站在自己這一邊的。

「剛才才和月讀命談到荒脛巾神或許是想把黃金拉進自己沒能保住蝦夷的失落感之中。只要防堵這一點，或許就能夠阻止融合。」

「哦，有意思……要怎麼防堵？」

「問題就在這裡。大地主神，祢知道黃金的『失落感』是來自於什麼嗎？比如悲傷的往事或是後悔之類的。」

聽說大地主神和黃金是老交情了。然而，稚嫩的女神在思索片刻過後搖了搖頭。

「妾知道黃金曾是金龍，也知道祂和東方的黑龍……荒脛巾神是一對兄弟。荒脛巾神是因為蝦夷之事而陷入長眠的，不過那隻狐狸從來沒有提過詳情。祂原本就不喜歡談論自己……身為大地的守護神，祂擔起方位眾神之首的職責，隱居以後，說話變得比較毒辣，不過個性還是一樣一板一眼。回想起來，祂很少提起往事。從前祂發生過什麼事，妾也不是很清楚。」

「我想也是，果然被我料中了……」

良彥盤起手臂沉吟。還有其他了解黃金的神明嗎？

「久延毘古命呢？有沒有什麼線索？」

良彥詢問遍知天下事的稻草人。膝上抱著謠、肩上停著富久的久延毘古命一臉遺憾地搖了搖頭。

「我的記憶也逐漸衰退，人間的事倒也罷了，神明的事，尤其是國之常立神的眷屬之事，我大多不明白。」

「這樣啊……」

良彥緩緩地嘆了口氣。事情當真是一波三折。

「不然請宇迦之御魂神過來吧？祂是我同父異母的姊姊，稻荷情報網可說是遍及古今中外全國各地。」

須勢理毘賣看著穗乃香削蘋果，自己也試著挑戰，最後把黏在皮上的果肉比較多的殘骸塞給丈夫，如此提議。

「宇迦之御魂神……」

聽了這個耳熟的名字，良彥搜索記憶。這個名字是在哪裡聽到的？

「……啊！」

良彥想起來了，忍不住與穗乃香對望一眼。她似乎也想起來了，點頭表示贊同。正好手上有仙貝等許多食物。

「設個圈套試試吧……」

良彥喃喃說道，勉強撐起隱隱作痛的身子。

「……所以你們就撒仙貝碰運氣，結果我真的上鉤了……？」

一小時後，白狐在月讀命神社前方的小公園裡被逮個正著。

「我倒是沒想到才一個小時就能抓到祢。」

「你不能用叫的嗎？幹嘛每次都用零食引我出來啊！」

「我又不知道祢在哪裡。」

被大地主神等神架住兩側帶往神社的白狐似乎很不甘心中了圈套，一路大呼小叫。再怎麼想，都是亂撿地上的仙貝來吃的祂問題比較大。

「怎麼，原來良彥也認識這隻白狐啊！」

大國主神咬了口剩下的仙貝。

「祢說我『也』……祢認識他？」

「不，你被送來這裡的時候，祂曾經出現過，不過轉眼間又不見了。」

「我是逃亡眷屬，不便久留。」

白狐雖然還是氣呼呼的，瞧祂一口接一口地吃著穗乃香給的蝴蝶派，或許只要餵祂吃東西，就能安撫祂了。見證了整個過程的月讀命從剛才就一直抖動肩膀忍笑，祂大概也沒料到堂堂神明——雖然只是眷屬——竟會因為食物而上鉤吧！

「好了，找我有什麼事？有話快說，有屁快放！」

白狐似乎認栽了，一臉不耐地用後腳搔了搔耳後。祂的無心之舉讓良彥想起了黃金。

「我想問祢黃金的事。」

良彥強自振奮幾乎又快陷入感傷的心。

「祢說過黃金是祢的朋友吧？祢們認識多久了？」

白狐轉動視線，略微思索。

「算算應該有……一千五百多年了吧？」

「那祢知道祂過去發生了什麼事嗎？」

「啊，這就難說了。我只在金龍那裡待了幾年，不知道的事多的很。」

白狐並未正視良彥，答得有點敷衍。穗乃香從伴手禮中拿了顆葡萄塞進祂的嘴巴，催促良彥說下去。

良彥思索該如何詢問才好，突然想起一件事。

「好像有個……六角形圖案的土器……」

良彥不確定是在哪裡看到的，但這個記憶從他醒來的那一刻就一直梗在腦海裡。佇立於破甕前一動也不動的確實是黃金。

「有沒有什麼事是跟這個有關的？」
「這個嘛，好像有，又好像沒有。」
「也有桃子，祢要吃嗎？」
「你……是不是以為只要給我吃東西，我就會一五一十地招出來？」
「這麼說來，祢知道囉？」
白狐閉上嘴巴，撇開了頭，彷彿在說祂不會上當。看來接下來光靠食物是釣不到祂了。
「……我想知道的是黃金的過去，就是祂經歷過的傷心事之類的。我知道不該挖別人的傷疤，不過知道這一點的話，或許就能找到分離黃金和荒脛巾神的方法。」
良彥用僵硬的動作轉動身體，面向白狐。
「所以，如果祢知道什麼，拜託祢告訴我。」
見狀，白狐一臉不耐地搖了搖尾巴。
「你幹嘛這麼執著？你只是普通的凡人而已吧？更何況這不是差事。你以為你贏得過荒脛巾神嗎？金龍是很可憐沒錯啦！」
白狐歪頭納悶。祂並非諷刺，而是真的不明白。
「就算你死了，對於神明而言，不過是一片樹葉凋零而已。」

「喂，祢怎麼……」

白狐的這番話讓大國主神忍不住插嘴。然而，良彥制止大國主神，說道：

「是啊！不過樹葉也有能做的事。」

「什麼跟什麼？犧牲精神嗎？太蠢了吧！」

白狐皺起鼻頭。

「在這種物資充裕、三餐飽足的時代，當然要活得開開心心的。再說，憑什麼要我告訴你？情報這種玩意兒是有價值的，怎麼可以輕易奉送給別人？」

突然響起菸管敲擊菸草盆彈落菸灰的清脆聲音。一直默默旁觀的月讀命緩緩地將視線轉向白狐。

「原來如此，說得一點也沒錯。」

月讀命翩然起身，緩步走到白狐身旁，跪了下來，臉上依然帶著笑容，好奇地用手指輕輕觸碰白狐脖子上的藍色頸帶。白狐垂下耳朵，屁股夾著尾巴，努力避開月讀命的視線。

「情報的價值有時更勝於錢財，因此可以成為代價——也可以贖罪。」

月讀命意味深長地說道，並繼續詢問：

「白狐兄，爾說爾是逃亡眷屬，是什麼時候的事？」

就良彥所知，祂逃亡了兩次；良彥原本以為月讀命問的是這個，但是看氣氛似乎不然。

月讀命面不改色地繼續說道：

「我換個說法好了。爾——現在依然是逃亡眷屬嗎？」

聽了這句話的瞬間，白狐終於死心，叫道：

「哎呀，好啦！我說就是了！叫月讀兄出來恐嚇，太卑鄙了！」

擺脫了緊張感的白狐抖動身子，轉向良彥。

「不過，別再追究我的事了。我也有我的難處。」

愣在一旁的良彥晚了一拍之後，才點了點頭。

「知、知道了。雖然我很好奇……」

祂說祂是逃亡眷屬，良彥一直深信不疑，莫非現在已經不是了？月讀命似乎察覺了什麼，瞧白狐如此抗拒，大概是有不能說的苦衷吧！良彥雖然好奇，但現在以黃金的事為重。

白狐清了清喉嚨，將尾巴纏在自己的腳邊，開始娓娓道來。

「剛才也說過，我是一千五百多年前在大和國認識金龍的。當時，逃離宇迦之御魂神娘娘的我輾轉流落到金龍棲息的山地，在那裡生活了幾年——」

如此這般，白狐說了個很長的故事。

決心不干涉凡人的金龍認識了某戶人家。

雖然日久生情，產生了愛護之心，卻對懷抱這類感情的自己感到困惑，強自壓抑。

後來，祂鐵面無私地完成了身為金龍的使命。

這是金龍被稱為黃金或方位神之前的故事，良彥與其他眾神都是一無所知。

「金龍在猶豫過後，偷偷地把自己的鱗片給了三男。金龍的鱗片對於凡人而言是萬靈丹，不過當時給的是老舊的碎片，就算凡人拿著，也只是聊勝於無的護身符。可是金龍卻為了這種小事不斷地質疑自己，暗自自責……最後，那戶人家因為飢荒而死了母親和女兒，長男受了傷，還沒痊癒，就被地震倒塌的房子壓死了，父親則是氣力全失，衰弱而亡。送養給親戚的三男也被山崩波及，從此音訊全無。哎，在那個年代，這種事並不稀奇就是了。」

白狐不帶感情，淡然說出了這段比想像中更加慘烈的往事。

「全都死了嗎？」

良彥茫然地說道。大國主神和大地主神似乎也不知道這段往事，全都默然無語。

「那戶人家是靠製作土器維生的，做出來的土器上頭一定會畫上四個六角形，象徵金龍的四塊岩，說是可以趨吉避凶，還挺受好評的。」

「六角形……」

聽白狐這麼說，良彥總算明白了。那只破甕象徵的或許就是金龍沒能保住的那戶人家。

「行了吧？我要走了。背著本神揭祂的舊事，實在很不舒服。」

白狐說了這番冠冕堂皇的話語以後，不待眾人阻止，便叼起身邊的盒裝巧克力，飛奔至神社外頭了。

三

聽白狐述說黃金的往事到隔天良彥離開月讀命的神社之前，總共發生了四次的有感地震。不光是京都，似乎全國各地都在搖晃；用大國主神的平板電腦瀏覽的新聞網站上，有專家針對這些地震與南海海槽或首都直下型地震之間的關聯性進行預測。此外，九州與北關東的火山也開始活化，雖然正值登山季，有些山已經禁止民眾入山。富士山也傳出地熱上升的消息，相關單位呼籲民眾多加警戒。

多虧了眾神的治療，良彥已經恢復到能夠正常行走的程度了。今天再不回家，家人鐵定會起疑，因此良彥在傍晚向月讀命等神道謝過後，決定先回家一趟。良彥問過大國主神祂們有沒有替身或是竄改家人記憶之類的招數可用，而祂們表示既然良彥能動，就該自行回家。看來祂們雖然替良彥療傷，卻沒打算事事順著良彥。

「要休息一下嗎？」

要從位於西京區的月讀命神社前往位於左京區的良彥家，必須由西至東一直線橫越京都市內才行。半途同路的穗乃香看見良彥轉乘電車之際不時停步，很替他擔心。

「不要緊，上了電車以後就都是坐著了。」

從地下走上地面，明明已經過了下午五點，八月的夕陽依然散發著炙人的熱氣。仔細想，待在月讀命的神社時從來不覺得熱，應該是因為祂配合自己將室溫調整得舒適宜人吧！

停下來等紅綠燈的時候，良彥重新環顧四周。祇園祭結束後的京都街道依然充斥著觀光客，車子往來穿梭，巴士吐出大量乘客之後又載著乘客離去。店門前擺放著特產及京都風格工藝品，在咖啡店可以理所當然地買到潤喉飲品。「大改建」一旦發生，以為永遠都會存在的日常生活便會輕易地瓦解。良彥想起先前作的夢，打了個冷顫。家人生死不明，被火焰吞噬的街道上只有絕望。他至今仍然忘不了穗乃香躺在擔架上的那副模樣。現在理所當然地走在身旁的她或許也會像黃金一樣轉眼間消失無蹤。思及此，良彥下意識地咬緊牙根。

「呃，良彥先生……」

好不容易抵達本地的車站，正打算各自回家時，穗乃香下定決心，開口說道：

「答應我一件事。」

「什麼事？」

「下次不管你要去哪裡，一定要告訴我。」

在那雙彷彿能夠看穿內心的眼睛直視之下，良彥露出了苦笑。這次的事似乎令她難以忍受。

「我不會要求你帶我去，只是希望你至少跟我說一聲……」

「嗯，我知道了。」

「真的？」

「嗯。」

「一言為定？」

「一言為定。」

面對難得如此再三確認的穗乃香，良彥堅定地點了點頭。

「情報還是該共享才對。這次我太獨斷了……明明知道妳也很擔心黃金。」

聞言，穗乃香的表情顯得有些難以釋懷。我說錯了什麼嗎？良彥反芻自己的話語。穗乃香吐了口氣，最後又確認了一次：一言為定喔！

「你可以自己回家嗎？」

「嗯，沒問題。抱歉，不能送妳回去。」

「不要緊。良彥先生，路上小心。」

「謝謝。再見。」

「再見。」

兩人一如平時地道別過後，便在車站前分道揚鑣了。良彥望著穗乃香沿著步道離去的背影好一陣子。再見。這句「再見」沒有任何確切的保證。

「……好了。」

原來人在身體不適的時候，會變得這麼感傷啊？良彥自虐地暗想，邁開腳步，突然有種衣襬被拉扯的感覺；他回頭查看，卻未能在周圍找到任何原因，只看見流經道路對側的高野川方向有道藍光在夕陽餘暉之中閃動。良彥心裡有數，下了土堤，只見蒼藍貴神盤著手臂凝視水面，並未回過頭來。

「怎麼，虧大國主神特地把我送到月讀命的神社去，原來祢什麼都知道啦？」

良彥緩緩地走到祂的身旁。跟著飼主散步的狗一面走過，一面詫異地凝視著須佐之男命。

「只有蠢材才會以為我沒發現。」

「別這麼說嘛！祂可是我的救命恩人。」

「如果祂一開始就阻止你去，就沒有後續這些麻煩了。」

「祂的兒媳婦已經念了祂幾萬次，祂很沮喪，祢就饒過祂吧！雖然這句話或許不該由我來說。」

高野川與賀茂川匯流的鴨川三角洲上有群看似本地大學生的人正在練舞。良彥漫不經心地望著他們，繼續說道：

「話說回來，其實祢早就知道我會去找荒脛巾神了吧？套句須勢理毘賣的說法：爹的興趣就是給人出難題。」

良彥模仿須勢理毘賣的語氣，須佐之男命這才露出了笑意。

「看來我的女兒還是老樣子，很欣賞你。」

「也不是欣賞啦，就是打從認識以來一直對我很好……」

良彥盤起手臂思索。他突然想起月讀命的那句話：當我必須以神明的立場下判斷時，我可就不見得會站在你這一邊了。這句話應該也適用於其他神明吧！不能老是指望祂們對凡人大發慈悲。

「我也向宗像的女兒們打聽過你，祂們說你知識不足，但真誠有餘。」

聽了這番與須勢理毘賣如出一轍的評價，良彥無言以對，閉上了嘴巴。之所以對於是否該反駁感到遲疑，是因為他很清楚自己的腦袋有幾斤幾兩重。

「……打從兄長只有和魂的那陣子起，我便開始派遣麾下至全國各地，收集各種情報。這麼做是為了不讓其他人找到兄長的荒魂，而在匯集精靈與眷屬的所見所聞時，我聽到了一段奇談……是關於金龍的故事。國之常立神的正統眷屬黑龍與金龍。黑龍偏袒蝦夷，顯而易見，而據說金龍也曾經垂愛凡人。這件事幾乎沒有神明知道，大家都以為金龍是忠於主子、一板一眼、鐵面無私的頑固之龍，對於凡人沒有類似母性的柔情。」

「這個故事我之前也聽過了……」

「哦？原來還有人知道啊！」

須佐之男命朗聲說道，挑起了眉毛。

「嗯，哎，對方好像有什麼隱情，所以細節我就略過不提了……」

不知何故，良彥覺得自己好像做錯了什麼，有些手忙腳亂。那隻白狐究竟是什麼來頭？

「也罷，我原本就打算告訴你了。即使化身為狐狸，金龍的傲氣依然未變，令我不禁懷疑這段故事的真實性；然而鐵證如山，半點不虛。只不過……金龍已經忘了這件事。」

「忘了？」

良彥忍不住仰望須佐之男命。

「許多神明的力量在漫長的歲月之中逐漸衰退，饒是國之常立神的眷屬也不例外。金龍的記憶是從重大者開始喪失，或許是因為祂自己也想遺忘吧！」

「其實之前我才和月讀命談到荒脛巾神或許是想把黃金拉進自己的失落感之中，懷有失落感這種『相同的感情』，可能會加速祂們的融合。不過，如果黃金已經忘記了，這種情況是不是就不會發生了？」

「不，現在祂與荒脛巾神融合在即，記憶很有可能被硬生生地挖掘出來。」

良彥下意識地皺起眉頭。痛苦的記憶全被挖出來，這樣的情況他實在不願想像。

「……這麼說來，要是黃金完全想起來，就會……」

還有多少時間？

現在在這裡說話的期間，黃金的記憶正不斷地被荒脛巾神發掘。這麼一想，似乎已經沒有時間了。

「不過，根據建御雷之男神的說法，現在的荒脛巾神是雙頭龍。如果祂們已經融合了，不會是這樣的形態。金龍八成還在抵抗，現在或許還有方法分開祂們。只不過——」

須佐之男命一反常態，視線四處游移，似乎在揀選言詞。那雙眼睛仰望著姊神染紅的天空，掃過河面，捕捉了良彥。

「雖然這是神明的問題，但光靠神明之手，或許救不了金龍。神明也有無能為力之事。」

良彥半是愕然地仰望眼前的男神。偉大的三貴子之一都這麼說了，他該怎麼辦？還有誰能夠救黃金？良彥一時激動之下本想如此回嘴，卻突然察覺了一件事。

「——那人類呢？人類救得了黃金嗎？」

光靠神明之手救不了黃金。

神明也有無能為力之事。

這樣的情況良彥見多了。

就在他擔任諸神的差使的期間。

「你救得了祂嗎？」

如此詢問的須佐之男命眼神一點也不和善。彷彿蘊含著深海的藍眸帶有令對峙者不禁畏縮的氣魄。

不過，現在的良彥卻能筆直地回望著祂，回答：

「除了我以外，還有誰可以？」

這是被打得鼻青臉腫的人該說的台詞嗎？良彥自虐地暗想，卻又覺得沒有更合適的答案了。

須佐之男命掀起嘴唇，微微一笑。

「這不是差事，不要緊嗎？」

「現在不是計較這個的時候吧？再說，不管是不是差事，我都沒有任何酬勞或保障；既然這樣，至少別讓自己後悔。」

如果在這時候收手，良彥一定會後悔一輩子。若不救出黃金，日本社會或許會就此消失。良彥無意搬出「為了世人」的大旗。

他只是不想放棄而已。

「呃，我想問一個問題……有任何證據可以證實金龍的故事嗎？」

面對良彥的問題，須佐之男命的雙眼一瞬間露出嚴厲的光芒，隨即又搖了搖頭。

「我不能說，事關神明的禁忌。」

「咦？這麼嚴重？」

「我只能告訴你，違禁者已經受到了懲罰。你需要知道的只有一件事，就是金龍曾經親近並關懷某戶人家，是不折不扣的事實。」

「……我知道了。」

神明也有神明的問題。良彥不再追問，而是與須佐之男命一起眺望著徐緩流動的水面。

⛩

「玩得開心嗎？」

就在終於回到家的良彥護著隱隱作痛的身子，在玄關千辛萬苦地脫鞋之際，不知幾時間來到身後的母親突然如此詢問。

「哇！妳嚇了我一跳。」

「你多住了一晚，應該是玩得很開心吧！」

「呃，嗯，是啊！」

良彥故作平靜，含糊地點了點頭。平時明明是放任主義，完全不管良彥在做什麼，為什麼今天偏偏關心起來了？莫非這就是母親的直覺？

「所以你的朋友有替你慶祝嗎？」

「慶祝？」

「你不就是去慶祝的？」
「等等，妳在說什麼？」
良彥一頭霧水，母親露出了傻眼的表情。別說慶祝了，他吃足了苦頭。
「前天是你的生日啊！你不是和朋友一起慶祝生日嗎？」
聽了母親的這番話，良彥目瞪口呆。發生了太多事，所以他忘得一乾二淨；經母親一說，他才想起前天確實是他的二十六歲生日。
「……啊，對，嗯，當然！玩得超嗨的！還有一個很大的蛋糕，吃得好撐！」
良彥設法掩飾。和現實之間的落差讓他鼻腔發熱。
「哎呀，是嗎？太好了。最近你常常出遠門，有時候是當天來回，有時候會在外面過夜。」
「不、不行嗎？」
「當然可以。比起成天窩在家裡的那陣子好多了。」
母親似乎很開心，又突然一臉嚴肅地忠告：
「所以，下次你可以買點名產回來。」
良彥屏住了呼吸。原來她要說的是這件事啊！良彥去辦差事的時候，壓根兒沒想過要買名產。仔細回想起來，去福岡的時候，母親也曾責怪他沒買明太子回來。

「你這次一樣沒買吧？竹葉魚板。」

「呃，這個嘛……」

「毛豆泥麻糬？」

「對……對不起。」

「下次記得買。」

母親笑容滿面卻強而有力地叮嚀過後，便走向廚房了。良彥緩緩地吐了口氣，爬上通往寢室的樓梯。早知道會這樣，就該買名產回來的。以後一定要銘記在心。良彥如此暗想，突然停下了腳步。

還有以後嗎？

買蛋糕慶生。

買名產回家與家人分享的未來，真的會到來嗎？

夢中頭破血流、倒地不起的母親身影閃過腦海。

良彥用僵硬的動作打開寢室的房門，一如三天前的空間呈現於眼前。雖然知道現在想這些也無濟於事，但他就是無法忽視腦海裡浮現的景象。

「……現在沒時間消沉。」

良彥喃喃說道，一鼓作氣地按下電腦的電源鍵。

還有許多事等著他去調查和思考。

總之，現在只能盡力而為。

要點
神明講座 6

宇迦之御魂神是什麼樣的神明？

宇迦之御魂神（倉稻魂命）在古事記中是出現於須佐之男命的族譜，日本書紀也有記載祂的名字，但是並未提及祂的事蹟。「宇迦」指的是食物，特別是稻子，因此祂常和身為穀物神、農耕神的稻荷神被視為同一神明。一般而言，稻荷神＝狐狸的印象較為強烈，其實狐狸只是眷屬，大多神社都是以宇迦之御魂神為主祭神。

據說古時候獻給狐狸的供品
是油炸過後的老鼠，
曾幾何時間，
變成了炸豆腐皮。

六尊　過去與現在

一

被母親指摘老是不自然地護著身子走路，良彥設法蒙混，度過了一晚；隔天，他拜託大國主神聯絡聰哲，而聰哲立即從枚方的神社趕來了。當良彥告知要再次前往田村麻呂的神社時，聰哲面有難色，但是聽了良彥說明用意之後，便答應同行了。良彥遵守昨天的約定，聯絡穗乃香，穗乃香表示她也想去，因此最後是三人一起出發。穗乃香似乎也和良彥懷有一樣的心思。

「還沒學乖，又來了？」

在通往河邊的石板路上發現良彥一行人的田村麻呂皺起眉頭來啐道。

「今天我不是來拜託祢幫忙的。」

看不見田村麻呂的良彥聽了聰哲的轉述以後，露出了苦笑。他們一再來訪確實擾人，但昨晚良彥左思右想，還是覺得該再來一趟。

「……荒脛巾神出現了什麼變化嗎？」

田村麻呂喃喃問道。然而，良彥看不見祂那略帶不安的神色。

「呃，我當面見過祂了，可是沒機會交談，或該說根本無法溝通。總之，我吃了閉門羹，只好摸摸鼻子回來了。」

良彥摸了摸不時隱隱作痛的肚子。多虧離開月讀命的神社時少彥名神給他的藥，他的傷勢已經好轉許多。

「老實說，我還不知道能不能救回金龍……救回黃金。」

看不見田村麻呂的良彥想像著祂的模樣。

「黃金明明是神明卻很貪吃，會打呼，老是露出肚子睡覺，對洗衣機和電車充滿興趣，常為了芝麻小事和我爭論……不過，我想，祂大概從很久以前就想過這樣的生活了吧！我不希望祂就這樣和荒脛巾神融合。」

當人口增加，文明發達，神明的存在感變得越來越薄弱之際，黃金選擇在大主神社的四石社隱居；雖然不知道是因為大天宮奉祀的是國之常立神，還是因為四石這個名字讓祂感到懷念，據說當時祂就已經化為狐狸了。在黃金的心中，身為金龍的強烈義務感或許就是從那個時候開始淡化的吧！至少已經足以讓祂在良彥家享受舒適的生活。

「所以，我還在尋找救回黃金的方法。不過在那之前，我必須先向祢道歉。」

良彥身邊的穗乃香也小聲地說了句「我也是」。
「……道歉？」
田村麻呂訝異地反問，聽不見的良彥揀選言詞，繼續說道：
「荒脛巾神和黃金逐漸融合，連結祂們兩神的或許是『失落感』。對於荒脛巾神而言是蝦夷，對於黃金而言是無法拯救的那戶人家……黃金原本因為力量衰退的緣故，早已忘了那些事，不過現在祂可能想起來了……」
一想到這是件多麼痛苦的事，良彥今天不能不來。
良彥重新轉向田村麻呂可能所在的方向。
「雖說先前不知情，我還是得說聲抱歉。害祢想起不愉快的回憶。」
從前，田村麻呂求情不成，只能眼睜睜地看著阿弖流為和母禮被處刑。得知這件事時，聽哲所說的那句話——若說祂殺的其實是祂想保護的人，也不為過——重重地壓上良彥的心頭。他為了自己的麻木不仁而後悔不已。
「我也是……對不起，我不該為難祢。」
穗乃香也跟著良彥低頭道歉。她雖然知道這段歷史，卻不得不來求祂相助。
「……即使向我賠罪，我也不會幫助你們。」

田村麻呂面露痛苦之色，說道：

「要攻打荒脛巾神……就儘管去吧！反正不久後就會出兵了吧？」

「啊，不，我已經拜託眾神暫時按兵不動了。」

聽聰哲轉述田村麻呂的話語之後，良彥思索該如何表達。

「因為我也想救荒脛巾神。」

聞言，田村麻呂抬起頭來。

「呃，我不知道該怎麼說才好，祂失去了所愛的人，悲痛欲絕，也是真的吧？就這一點而言，祂和黃金是一樣的。」

拯救神明或許是種傲慢的說法，但是只救黃金，其他都不管，未免太無情了。

荒脛巾神好歹也是曾經愛護過人類的神明，難道沒有任何方法可以報答祂嗎？

雖然不知道無力的自己能做什麼。

「我今天來，只是想表明這一點而已……」

或許這只是種自我滿足，不過良彥害怕「下次」、「改天」會有不再到來的一天。抱持希望很容易，但若不考慮希望未能實現的情形，便無法體會希望有多麼可貴。

「打擾祢了，對不起。」

良彥向始終沒有現身的田村麻呂道別。

「——等等。」

田村麻呂小聲呼喚邁開腳步的背影，而良彥當然聽不見，只有穗乃香和聰哲停下了腳步。

「……不，算了。」

結果，田村麻呂只說了這句話，便轉身走向河邊了。

聰哲欲言又止地望著田村麻呂，最後嘆了口氣，隨著良彥他們離去。

我也想救荒脛巾神。

田村麻呂在心中一再反芻良彥的這句話。

可能嗎？

真能撫慰孤獨的祂，撫慰阿弖流為的娘親嗎？

田村麻呂垂眼望著流動的河面，靜靜地握住拳頭。

那一天，自己在荒脛巾神降駕的巨岩之前立誓保護祂的孩子們直到最後一刻，卻未能實現承諾。失去了朋友，也失信於神明的自己居然被奉祀為神，多麼滑稽啊！

「……阿弖流為，母禮。」

田村麻呂撫摸腰間的刀，輕聲呼喚他們的名字。

田村麻呂直到前一刻才接獲他們即將被處刑的消息。當天，為了保住他們的性命，田村麻呂又去向眾參議求情，而石成突然趕來通風報信；田村麻呂慌慌張張地趕往刑場，只見阿弖流為和母禮已經失去了自由，被關在竹子組成的圍籬之中，等著被斬首。

「刀下留人！」

田村麻呂使盡吃奶的力氣大叫，推開圍觀的群眾，試圖進入刑場，卻被數名官差與士兵阻擋，無法靠近。大概是料到會發生這種情況，事先加派了人手吧！

「刀下留人！拜託！」

此時，阿弖流為睜開了眼睛。

然而，不知他是不是沒有察覺田村麻呂，並未將視線轉過來。

「你想違抗聖旨嗎！」

某人的聲音傳來，田村麻呂更加動彈不得了。他的手臂被抓住，身體被壓制，腳和別人的勾纏在一起，幾乎分不清哪隻腳是誰的。

動作快！官差的聲音響起。

磨得鋒利無比的刀在劊子手的手上散發著駭人的光芒。

「阿弖流為！母禮！」

田村麻呂大叫，但他們始終沒有轉過視線。

結果我還是無力回天，他們一定對我很失望吧！

現在找再多藉口都於事無補。

頭一個被拉出來的母禮在定點跪了下來。官差拿下綁在他嘴上的布條，詢問他有沒有話要說。

「吾身雖死，蝦夷不滅。」

母禮說道，臉上居然露出了笑容。

「天底下沒有比那一夜的山裡更可怕的事！」

如此大叫的母禮縱使身首分離，眼睛也沒有失去光芒。接著，阿弖流為也被拉出來，跪在地上。他那條從不離身的貝殼首飾白晃晃地烙印在眼底。

「有什麼遺言嗎？」

官差詢問，阿弖流為靜靜地搖了搖頭。

「住手！他是我的朋友！」

田村麻呂聲嘶力竭地大喊，但劊子手依然肅穆地繼續行刑。

「求求你！住手！」

高舉的刀反射陽光，閃耀著白色的光芒。

然而，就在刀即將揮落之際。

阿弖流為終於抬起頭來，與田村麻呂四目相交。

「　　」

他的嘴唇動了，似乎在訴說什麼，可是田村麻呂聽不見。

肉綻骨斷，兩人分的鮮血飛濺於空中。

在遠離故鄉的陌生土地之上。

沒有母親荒脛巾神替他們送終。

「田村麻呂大人！」

田村麻呂回過神來之時，聰哲已經來到身邊。仔細一看，自己的雙拳染成了鮮紅色。聰哲說田村麻呂發了狂似地痛毆壓制自己的官差，但是田村麻呂完全不記得自己做過這樣的事。

阿弖流為和母禮的頭顱與屍體被分別埋葬在不同之處，而他們被沒收的遺物也全都棄置於土裡。接下來幾天，田村麻呂的記憶都是模模糊糊的，就像心臟被吃掉了一般，空虛不已。聽說同一時期東北發生了地震，天崩地裂，但是田村麻呂沒有多餘的心力關注後續發展。他拒絕聽哲的求見，也不看來信，終日無端斥責下屬，藉酒消愁。

天下間的任何事情都變得無所謂了。

「是我的過錯……」

田村麻呂握住龍形刀柄，喃喃說道。

阿弖流為與母禮被處刑的後年，桓武帝開始計畫第四度東征；說來諷刺，田村麻呂再次被任命為征夷大將軍。然而，東征在眾參議研議過後決定中止，而桓武帝後來也駕崩了，之後田村麻呂再也不曾踏上東北的土地。

也未能拜見朋友的母親荒脛巾神。

「這是我的過錯，我要如何補救？」

田村麻呂問道，但是沒有人給祂答案。

⛩

「啊……怎麼辦……」

離開田村麻呂的神社之後，來到草津線的車站等候電車的良彥坐在長椅上喃喃自語。能夠向田村麻呂道歉固然是好事，可是事態一點進展也沒有。到頭來，他還是沒找到填補黃金的「失落感」或是阻止祂與荒脛巾神融合的方法。

「哎，這種事也急不來……」

雖然著急無濟於事，但是現在也沒有時間讓他從長計議。建御雷之男神目睹雙頭龍是一週前的事，而三天前，荒脛巾神已經擁有操縱傀儡的力量，可見祂與黃金正逐漸地融合為一。

「……剛才臨走前，田村麻呂老爺似乎想說什麼。」

坐在身旁的穗乃香突然想起這件事，說道：

「雖然最後祂還是什麼也沒說，不知道祂原本想說什麼……」

「真的假的？我完全沒發現。」

「差使兄沒發現是當然的。我和穗乃香姑娘倒是有回頭……」

聽哲確認時刻表之後，走回長椅邊。

「大概是有關於荒脛巾神之事要告訴我們吧……」

「關於荒脛巾神之事？」

什麼意思？良彥反問。不是說田村麻呂征討的是蝦夷，不是神明嗎？難道祂知道什麼內情？

「荒脛巾神是深愛蝦夷的神明，同時也是蝦夷奉為母親的神明。當時在東北各地都看得見的淡青色花朵據說是蝦夷的祖靈，同時也被稱為荒脛巾神之花。我聽田村麻呂老爺說過，蝦夷人很珍視這種花。」

聽哲微微垂下眼睛，繼續說道：

「剛才差使兄說『也想救荒脛巾神』的時候，田村麻呂老爺一臉驚訝……因為對於田村麻呂老爺而言，荒脛巾神並非敵人，而是朋友敬愛的母神……」

聞言，良彥默默地抱住腦袋。初次拜訪田村麻呂時，自己是用什麼字眼描述荒脛巾神的？當時他剛得知黃金被吃掉，語氣或許很冷漠。這應該就是引發反感的因素之一吧！

「我開始討厭自己了……」

良彥的喉嚨深處發出了呻吟聲。雖說當時不知情，至少事前該做點功課的。

「對於荒脛巾神而言，或許蝦夷人就像是祂的孩子吧……如果是這樣，我多少可以理解祂的悲傷和悔恨……」

從前良彥只知道祂是「深愛蝦夷的神明」，也曾疑惑祂為何如此偏袒蝦夷；倘若這種愛是雙向的，就合理許多了。

「當時即使歸順朝廷，也不見得能夠留居故土，有些人被下令移居至關東等地……站在荒脛巾神的立場，大概就像是孩子一個接一個被搶走吧！直到最後都未能重返故土、死在異鄉的人應該不在少數。」

聰哲感慨地說道，良彥等人沉默不語。八月上旬的天空一片蔚藍，帶有濕氣的空氣感覺起來倍加炎熱。時刻將近中午，從現在起到下午這段時間應該會越來越熱吧！

「呃……或許我不該問這種問題……」

良彥猶豫著該不該開口，最後還是將視線轉向聰哲。

「阿弖流為和母禮被處刑的時候，聰哲也在京城裡嗎？」

聰哲似乎沒料到良彥會問這個問題，不明白他這麼問的用意，眨了眨眼。

「啊，不，我只是在想，他們真的被處刑了嗎？人家大老遠從東北來京城求和，這麼做未免太過分了吧？田村麻呂應該也不會坐視不管吧？」

良彥連忙說明。這並不是可以隨口提起的話題。

「是啊！確實很過分。事實上，田村麻呂老爺也曾去向右大臣、左大臣和眾參議求情，希望能免去處刑。」

聽哲仰望著月台屋簷彼端的天空。

「當時我在出羽國擔任出羽守，得知田村麻呂老爺帶著阿弖流為等人進京，便連忙趕回京城。後來，我也曾和他們會面，針對治理東北交換意見。當時的構想是由阿弖流為等人擔任族長統率蝦夷，在各方面攜手合作，創造雙方的利益。然而，皇帝並不贊成……背地裡進行處刑，等我趕到的時候，一切都已經結束了。在刑場前痛毆官差的田村麻呂老爺那副激動的模樣看起來宛若惡鬼……我想祂應該目睹了整個經過……」

雖然是良彥自己問起的，聽了這番話，他的心頭變得沉重無比。無法保護信任自己而進京的朋友，這種心境是筆墨難以形容的。

「所幸刑場離我的老家很近，我便帶著田村麻呂老爺回家，留祂住一陣子，避避風頭……可是沒過幾天，祂便回京了，後來……祂變得暴躁易怒，難以溝通。上了年紀以後，更是足不出戶……」

「哦，所以才……」

良彥想起先前聽哲所說的話。祂說過田村麻呂晚年變得難以親近。

「我寫過好幾封信給祂……」

說到這兒，聽哲打住話頭，歪起頭來回憶當年。

「當時我好像是有事相告才寫信求見的……不行，我的記憶也變得模糊不清了。」

聽哲面露苦笑。有別於曾祖父敬福，連真有其人的紀錄都沒有留存下來的聽哲鮮少受到凡人祭拜；良彥甚至懷疑祂能夠存在至今，全是靠著身為刀癡的執念。

「祢的老家離刑場很近嗎？」

穗乃香詢問，聽哲點了點頭。

「對，就在現在的神社附近……」

「咦？他們是在那附近被處刑的？」

良彥回溯造訪神社時的記憶。神社附近有這類場所嗎？還是連半點痕跡也沒留下？

「呃，用現在的說法……大概就是兩站遠的距離吧？」

「兩站？」

良彥忍不住大聲說道。兩站，視地點而定，搞不好步行也能抵達。

「老實說，附近還留有人頭塚……」

「是誰的人頭塚？阿弖流為和母禮的嗎？」

「據說是他們的……」

「祢怎麼不早講！」

「我、我以為和這次的事沒關係——」

面對忍不住起身逼問的良彥，聰哲連忙往後退。祂第一時間就帶著刀劍要給良彥全副武裝，這種情報卻不早點說出來。

坐在長椅上的穗乃香猛省過來。

「我們只顧著思考如何填補黃金老爺的『失落感』，卻沒有想到荒脛巾神也同樣懷抱著『失落感』……」

聞言，聰哲終於意會過來，睜大了眼睛。

「這麼說來，只要填補了荒脛巾神的『失落感』，方位神老爺就——」

「聰哲！」

良彥心急地呼喚祂的名字。

「立刻帶我去那裡。或許能找到什麼線索！」

現在無論是再怎麼細微的蛛絲馬跡也不能放過。

「知、知道了！」

見良彥一臉嚴肅地拜託，聰哲打直了背部，如此回答。

二

人頭塚距離當地的車站只有五分鐘路程，從田村麻呂的神社經由京都轉乘幾次電車，大約兩小時即可抵達。坐鎮於普通住宅區的神社旁邊有座公園，傳說中的人頭塚就在裡頭。公園內有溜滑梯等遊具，不過現在正值最炎熱的時段，幾乎不見人影。

「我還以為會陰森森的，沒想到挺普通的嘛！」

良彥環顧周圍，喃喃說道。公園裡種植著井然有序的樹木，並設有步道與長椅，待天氣變得涼爽一點以後，應該可以成為居民的休憩場所吧！

「這裡原本是鄰近神社的境內，因為這層關係，現在仍然由那間神社負責祭祀人頭塚。」

聰哲指著一座隆起的小丘，上頭還有棵枝葉茂盛的樹木。小丘周圍被木樁與繩索圍住，前方立著刻了「傳　阿弖流為　母禮　之塚」的石碑；從使用的石材判斷，石碑應該還很新。丘頂的樹木前方有顆更加老舊的石頭，供奉著花朵，看來那才是原本的塚。

「欸，我這麼說或許有點那個……」

良彥繞了一圈以後，坦白說出了心中的疑問。

「這個……是真的嗎？」

良彥身旁的穗乃香也一臉嚴肅地看著聰哲。要說這是平安時代的人頭塚，似乎太新了一點。

「……老實說，這裡的旁邊就是河川，暴風來襲之際常會淹水，因此被挖掘過好幾次。事實上，這座人頭塚原本是位於那間派出所附近，是在整備公園的時候移到這裡來的……」

聰哲指著公園東側的建築物說明。

「而石碑本身是在二〇〇七年建造的。」

「咦？那是最近的事耶！」

「老實說，並沒有任何明確的證據足以證明這是阿弖流為和母禮的人頭塚，只是坊間一直流傳著『這裡埋著蝦夷族長的頭顱』、『這是敗軍之將的人頭塚』之類的說法而已。」

「那實際上呢？」

良彥一面擦拭滑落下巴的汗水，一面詢問。供養塔之類的場所因故遷移是很常見的情況，即使位置有點差異，只要真的是阿弖流為和母禮的人頭塚就夠了。

「雖然記憶模糊，我還依稀記得這一帶有他們兩人的人頭塚。桓武帝向來迷信，將蝦夷人處刑，他應該會擔心受到詛咒而派人供養才是。當時的神社因為神佛混合之故，同時也是寺院，在境內立人頭塚也是很自然的事。」

聰哲的額頭依舊清爽，與滿頭大汗的良彥正好相反。祂環顧周圍，回憶當年。如今景物全非，要想起來想必得花一番工夫吧！

「人頭塚確實存在，而且很可能受到供養……」

良彥盤起手臂。雖然在人類之間沒有留下證據，原為人類的神明都這麼說了，應該錯不了吧！

「不過，屍骨大概已經……」

穗乃香喃喃說道。被水淹過，又被反覆挖掘好幾次，連位置都改變了，屍骨殘存的希望確實渺茫。聰哲的證詞雖然可以說明阿弖流為與母禮的人頭塚在這一帶，卻拿不出具體的證據來證明。再說，縱使有人供養，對於荒脛巾神而言，仍然無法改變阿弖流為他們被處刑的事實。

「的確，大概已經半點不剩了……」

聰哲感慨地說道。畢竟是一千多年前的事了。

「他們被處刑的地方就在前頭不遠處，不過那裡應該什麼也沒留下……現在已經成了竹林。」

「呃……對不起，我有個小問題……」

穗乃香一板一眼地舉手發問。

「人頭塚在這裡，那身體呢？」

良彥也覺得這是個好問題，望向聰哲。這麼一提，當初平將門也只說祂的頭顱飛走了，沒提過身體怎麼了。和頭顱相比，身體似乎不怎麼受重視。

「哦，身體應該被埋在和頭顱不同的地方——」

聰哲說到一半，不自然地中斷了。

「聰哲？」

直到良彥呼喚，祂才回過神來。

「抱歉，我是在回想……我忘記的事情實在太多了。」

「哎，搞不好那也是祢想忘掉的回憶。」

良彥苦笑。對於聰哲而言，阿弖流為與母禮的處刑導致祂與素來敬仰的田村麻呂漸行漸遠，感受想必是分外惆悵吧！

「想忘掉的……回憶……」

聽哲喃喃說道，有些心神不寧地轉動視線。

「我……要相告的事……究竟是……」

「聽哲——」

良彥正要勸祂不必勉強自己想起來，附近突然有道氣息現形，讓他起了一陣雞皮疙瘩。穗乃香也同時轉過了頭。

「良彥！」

突然從看不見的空氣裂縫之中跳出來的是大國主神。

「你身子才剛好，別出來走動。凡人很柔弱的，一不小心就會啪一聲斷成兩截。」

「我是牙籤嗎？」

「先別說這個了。大天宮現在鬧得沸沸揚揚，我是來通風報信的。」

大國主神無視良彥的抗議，繼續說道：

「國之常立神還是默不吭聲，眾神按捺不住，以建御雷之男神為首組成了討伐隊，眼看著就要出發去攻打荒脛巾神了。」

良彥下意識地倒抽了一口氣。他知道時間所剩無幾，沒想到神明竟會先一步採取行動。

「什麼時候出發？還來得及嗎？」

良彥詢問，大國主神一反常態地露出嚴肅的表情，點了點頭。

「不過，去了也不見得能夠阻止祂們。」

「我知道。」

「好吧！這次特別破例。」

說著，大國主神向聽哲及穗乃香招手，將兩人一神一起拉入看不見的裂縫之中。

⛩

在大天宮，以建御雷之男神為首的鷹派、以高龗神為首的鴿派，以及主張遵從三貴子旨意的派閥依然爭論不休，沒有結論。鴿派認為該先和平談判，鷹派則是搬出良彥負傷歸來之事，認為無須再留任何情面。月讀命代表等待國之常立神出面的三貴子出席，但祂只是袖手旁觀。

「建御雷之男神！」

眾神察覺現身於大天宮入口的良彥一行人，一齊轉過頭來。

「你已經能夠走動了？」

坐在深處的建御雷之男神開口關心走上前來的良彥。

「嗯，沒問題。多虧了那些藥和葉子，我已經好多了。」

良彥回答，想起自己尚未向替他療傷的眾神道謝。

「去找荒脛巾神是我自己的主意，受了傷回來，是我自作自受。或許我沒資格說這句話，不過現在最好別刺激荒脛巾神。」

「可是，繼續耗在這裡也無濟於事。我很不願意這麼說，一旦融合繼續進行，救援黃金兄就會變得更加困難，而我設下的結界被破也是時間的問題。事實上，現在已經出現了幾道裂痕。倘若荒脛巾神化為完全體，突破結界，就再也無法阻止『大改建』了。」

建御雷之男神的話才剛說完，腳下便一陣晃動。左右搖晃大約持續了五秒鐘，八腳矮桌上的紅淡比喀噠作響。哇！是大地震嗎？良彥繃緊身子，但是並未演變成夢中的那種天搖地晃。

「……荒脛巾神的慟哭日益劇烈，不知火山何時會噴發。已經沒有時間了。」

「嗯……我明白。」

良彥重新環顧聚集在大天宮的眾神。在場的神明應該僅是八百萬神的一小部分吧！或許有些神明和泣澤女神一樣不能離開崗位，也有些神明決定留在原地陪伴凡人到最後一刻。

「我想救黃金，也想阻止『大改建』。不過，有一點絕不能忘記，那就是荒脛巾神並不是敵人。」

月讀命一面吞雲吐霧，一面興味盎然地瞇眼聆聽。

「我也想救荒脛巾神。」

「救荒脛巾神？」

建御雷之男神身旁的經津主神一臉困惑地重複，並仰望主人。

「……你有什麼計策嗎？」

建御雷之男神低聲詢問，良彥一時語塞，搖了搖頭。

「老實說，現在還沒想到……不過，我會想出來的，給我一點時間。還有，在祢們出兵之前，讓我再去見祂一次。」

良彥下定決心，握住拳頭。他突然想起須佐之男命問他的問題。

你救得了祂嗎？

坦白說，答案是「不知道」。

不過這和放棄是兩碼子事。

「你遍體鱗傷地被大國主神抱回來，還學不乖嗎？」

起身說這番話的，是曾經拒絕讓良彥進入大天宮的綠衣男神。

「凡人能有什麼作為？一邊涼快去！」

「久久紀！祢說得太過分了！」

一尊女神在不遠處厲聲制止。見到祂，良彥挑起眉毛。

「大氣都比賣神，祢也來了？」

從身體生出食物的女神對著良彥深深地低下了頭。

「差使公子，很抱歉，小犬失禮了。」

「小犬？這麼說來，祂是……」

「這件事與娘無關！我只是說了該說的話而已！」

男神雖被制止，仍舊對良彥投來銳利的視線。然而，不知何故，從祂的視線之中感受不到任何攻擊性。良彥筆直地回望祂的雙眼。

「原來如此，是祢幫我療傷的。」

大國主神的兒媳說過，是在少彥名神的指導之下，由蚶貝比賣與蛤貝比賣，以及大氣都比賣神的孩兒們負責替良彥療傷。

「不光是療傷。偷偷跟蹤我們到鹽竈神社，在千鈞一髮之際救了你的也是祂。」

「咦？是嗎？」

聽到大國主神所言，良彥睜大了眼睛。這是新資訊。

「大國主神！虧我再三叮嚀祢別說出來！」

「有什麼關係？又不是壞事。」

男神慌張失措地控訴，而大國主神當成耳邊風。

「我、我只是碰巧經過而已！而且替你療傷的也不只我一神，兄姊都出了力。我是受日名照之託，迫於無奈才幫忙的！」

祂身邊的七尊男女神似乎全是祂的兄姊。原來大氣都比賣神不光是能生出食物，還生了這麼多孩子啊！良彥暗自讚嘆。

「謝謝祢救了我。我原本還以為祢討厭我，好意外。」

良彥坦率地道謝，男神突然脹紅了臉，當場跺起腳來。

「我豈有討厭你之理！蠢材！」

祂毫不躊躇地用響徹整個大天宮的音量大叫。

「你的祖父幫過我的忙！若是孫子出事，教我拿什麼臉去見敏益！」

「咦？爺爺怎麼會——」

「吾名為！」

男神吸了口氣，帶著瞪視般的強力目光說出了自己的名字。

「吾名為久久紀若室葛根神！絕不是那種會忘了差使恩情的薄情之徒！」

祂報起名號活像是要決鬥似的，讓良彥愣了一瞬間，隨即又回過神來，連忙翻開宣之言書。

「久久紀……呃……」

「久久紀若室葛根神。」

「久久紀若室葛根神。」

經津主神在旁邊輕聲提點，良彥跟著覆述。

那是促成自己與黃金結識的「方位神」的前一頁記載的神名。

也是擔任差使的祖父辦理的最後一件差事。

「原來……祢就是最後的……」

良彥感覺到自己的眼眶開始發熱。

這些神明記得祖父連家人都不知道的另一面。

而且還持續關心著之後萌發的嫩葉。

「不光是我……還有許多神明記得敏益。敏益之前的差使和更之前的差使，我們也都記得一清二楚，連他們的枝葉也不例外。因此，絕不能讓『大改建』發生，不能將凡人牽連其中。」

所以祂才會堅決反對良彥參與這件事。祂的兄姊八成也是基於同樣的理由而反對的吧！你最好想像一下你走了以後會有多少人傷心——良彥又想起了大國主神的這句話。原來這裡也有這樣的人，而且並非自己結下的緣分，而是祖父結下的緣分。是祖父留下來的紐帶。

「……謝謝。祢們的心意讓我很開心。」

良彥坦率地說道。同時，良彥也想向祖父說聲謝謝。

「不過，這次必須由我來做，必須由人類來做才行。」

荒脛巾神和黃金的失落感都是起因於人類。須佐之男命之所以說神明或許救不了黃金，大概就是出於這個理由吧！

「所以，請讓我去做——求求祢們。」

良彥低下頭來，額頭幾乎快碰到膝蓋了。困惑的眾神面面相覷，竊竊私語聲隨即擴散開來；其中，只有久久紀若室葛根神抿起嘴唇，面帶怒容，筆直地望著良彥。

「建御雷之男神。」

一直默默聆聽的月讀命彈了彈菸管裡的菸灰，突然開口說道：

「他都這麼說了，就給他一點時間吧！」

「可是……」

「只要動員眾神補強結界，應該還可以撐上五天。再說，現在家姊正在求見國之常立神，若能見著祂，事態或許會有所進展。」

聽了月讀命的這番話，眾神更加譁然了。天照太御神出馬，就像是吃了顆定心丸，但同時也顯示出事態有多麼急迫。

「須佐之男命現在在做什麼？」

面對良彥的疑問，月讀命微微一笑，歪了歪頭。

「誰曉得？舍弟應該也正在盡力而為吧！」

良彥有種被敷衍了事的感覺，露出了不快的表情。他還是摸不清月讀命的心思。

「眾神肅靜。」

建御雷之男神嘆了口氣，如此說道；私語聲如潮水一般退去，眾神的注意力轉向了祂。

「良彥，就給你五天的時間吧！在這段期間內，看是要說服荒脛巾神，或是另想他法，隨你高興。五天後，我們便會採取行動，不容分說。不過——」

建御雷之男神揀選言詞，繼續說道：

「在這段期間內，我們也會思考拯救荒脛巾神的方法，而非打倒祂的方法。討伐是最終手段。」

聞言，鴿派也表示贊同。

「謝謝。」

良彥道了謝。不知何故，他有種想哭的感覺。

「真的很感謝祢們……」

與他四目相交的久久紀若室葛根神表情絕對稱不上柔和；祂沒有微笑，沒有生氣，但是也沒有反對。

⛩

雖說爭取到五天的寬限期，良彥還是找不到任何足以說服荒脛巾神或將祂與黃金分開的材料，就這麼耗掉了兩天的時間。他勤跑圖書館，盡可能地查閱蝦夷史料，也搜尋過阿弖流為與母禮的相關資料，但他們的紀錄原本就寥寥無幾，莫說出生年分，連家庭結構、有無配偶或子孫也不得而知，只知道概略的居住地而已。另一方面，金龍格外關心的豬手一家非但史料比蝦夷更少，甚至連是否真有其人都令人存疑。當年似乎確實有個製作土器的集團，但無法確定白狐所說的那戶人家是否屬於該集團。他們居住的平城京北側現在已經完全開發成住宅區，早已不復當年的面貌。刻有象徵四塊岩的四個六角形的土器留存至今的可能性微乎其微，要找到難如登天。

「碰壁了……」

良彥駝著背坐在太陽下山後的高野川邊的長椅上，喝著冰涼的罐裝咖啡；天天跑圖書館與打工讓他整個人昏昏沉沉的。

「還有兩天的時間……」

「就、就是說啊！別灰心，繼續找吧！」

打從那一天起，穗乃香和聰哲只要有時間，就會陪良彥一起找資料；聰哲甚至直接留宿良彥的房間，每晚都在宣揚刀劍的美妙，令良彥不禁懷疑自己再怎麼睡也無法消除疲勞是不是祂那又臭又長的說明造成的。

「神明也在四處尋找線索，只不過黃金的過去不比荒脛巾神對蝦夷的執著，幾乎沒人知道，祂們現在好像也束手無策……」

蝦夷人並未被趕盡殺絕，而是與大和民族互相融合，血脈延續至今，而且這樣的例子不在少數，現在應該已經有相當的人口。這一點荒脛巾神應該也知道，所以良彥更不明白該怎麼做才能讓祂滿意了。

「大國主神老爺那邊有什麼消息嗎？」

穗乃香用雙手拿著因為結露而變得濕答答的寶特瓶紅茶，如此詢問。

「聽說祂們在尋找可以向荒脛巾神提出的交換條件；為了達成阻止『大改建』這個最終目標，就算是稍微無理的要求，祂們也願意接受。不曉得祂們打算提出什麼條件……」

這招對於現在的荒脛巾神管不管用不得而知，不過只要有方法，都得試試看。祂們應該也不認為良彥絕對能夠擺平這件事吧！這不是不信任良彥，而是知道事情有多麼困難。

「該說什麼，荒脛巾神的神志才會恢復正常……才肯放了黃金……」

良彥仰望逐漸染成藏青色的天空。氣溫依然很高，但是橫越水面的風已經變得涼爽了些。

「你還沒死心啊？」

夜色之中突然傳來這道聲音，良彥循聲望去。

「田村麻呂老爺！」

聽哲大吃一驚，站了起來。田村麻呂走向他們，模樣一如在神社看見祂時那般。從良彥也看得見祂來判斷，祂應該是來找良彥的。

「聽說你爭取了五天的寬限期。」

田村麻呂站在良彥的面前問道。祂的模樣依然魁偉，但是據聽哲所言，阿弖流為長得比祂更加高大。

「現在只剩兩天了。」

良彥半是自暴自棄地聳了聳肩。無論如何，剩下這兩天若是不想出辦法來，便會以人類終究無用的結果收場。

「話說回來，怎麼了？有什麼事嗎？」

良彥詢問，田村麻呂有些迷惘地瞥開了視線。良彥知道祂對自己沒好感，所以盡量避免打擾祂。

「……是關於荒脛巾神之事。」

不久後，田村麻呂似乎做好了覺悟，開口說道：

「荒脛巾神確實是蝦夷之母，而蝦夷人也將荒脛巾神當成母親仰慕崇拜……不過，阿弖流為的情況有些特殊。」

「特殊？」

良彥不解其意，如此反問。

「阿弖流為曾經對我說過荒脛巾神是他的娘親；他真正的娘親在他小時候過世了，之後是荒脛巾神將他撫育成人的。等到他長大成人以後，荒脛巾神便回到山裡，從此以後一直保佑著他。」

聞言，良彥不知該做何反應。在身為現代人的自己聽來，神明養育人類，簡直是天方夜譚。當權者為了增加自己的權威，謊稱自己血統高貴或是某某皇親貴族的私生子，是很常見的情形——不過，這倒是可以解釋一件事，那就是荒脛巾神精神錯亂的理由。不從蝦夷被攻打的廣義層面，而是從孩子被殺的觀點來看的話，不難理解他的心境。

「荒脛巾神是阿弖流為的娘親？」

聽哲依然一頭霧水，喃喃說道。

「信不信由你。不過，我在荒脛巾神的塚前曾經兩度感受到猶如母親輕撫般的和風。阿弖流為說他每次向娘親祈禱，都會吹起這樣的風。」

良彥仰望著如此述說的田村麻呂的雙眼。祂看起來不像在撒謊。

田村麻呂輕輕地撫摸腰間的佩刀。

「我在荒脛巾神面前立誓要保護祂的孩子們直到最後一刻。可是我偏偏救不了阿弖流為，無法回報母禮對我的信任。我一直覺得無顏面對荒脛巾神……其實該去見祂的是我。」

田村麻呂用平靜卻果斷的口吻說道，祂的臉上沒有絲毫迷惘之色。

「這把刀是阿弖流為給我的，我要將它還給荒脛巾神。或許可以製造機會，讓你救出你的神明朋友。」

聽了這個意料之外的提議，良彥忍不住站了起來。

「真的可以嗎？那是阿弖流為的遺物吧？」

「我無法保證一定能夠成功。說不定歸還這把刀，反而會激怒祂。若是祂大發雷霆，只怕連我也無法全身而退。」

聞言，穗乃香的臉龐不禁僵硬起來。

「呃，田村麻呂……」

「不過，你可別會錯意。」

田村麻呂打斷正要開口道謝的良彥，毅然地挺起胸膛。

「我的提議不是為了你，而是為了替自己清算舊帳。只不過……過去有不少神明來找我商量如何對付荒脛巾神……」

一瞬間，田村麻呂露出了少年般的眼神，微微一笑。

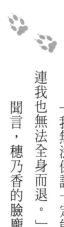

「讓我萌生了在想救神明的人類身上賭一把的念頭。」

這句話讓良彥確信了。

雖然不知道其中緣由，正如同金龍曾經關愛某戶人家一般，荒脛巾神也確實撫養過凡人；而祂的兒子與田村麻呂結識，一同懷抱著蝦夷與大和融合的夢想。

「……祢願意和我一起去找荒脛巾神嗎？」

良彥詢問，田村麻呂挑起眉毛，彷彿在說這是個蠢問題。

「你可別落後於我啊！」

在場眾人之中，只有穗乃香悶悶不樂。

三

穗乃香並不是對田村麻呂有任何不滿。

祂願意幫忙，穗乃香十分感激，就像是吃了顆定心丸。她知道這五天以來良彥是如何殫精竭慮，好不容易有了一絲希望，她該感到開心才是；然而，有件事卻梗在心頭，就是將阿弖流為相贈的刀歸還荒脛巾神，或許反而會激怒祂的疑慮。

和良彥等人道別回家以後，穗乃香一直在思考這件事。雖然已經到了就寢時間，她的精神反而越來越好。

田村麻呂說只怕連祂也無法全身而退。

祂是阿弖流為的朋友，荒脛巾神八成也認得祂；如果連祂都無法全身而退。

那良彥呢？

屆時良彥會有什麼下場？

他已經受過一次重傷了，縱使有眾神相助，他只是個普通人，遠比被奉祀為神的田村麻呂脆弱，轉瞬即逝。現在他雖然能夠正常走路，也沒喊痛，但想必只是沒說出口而已吧！他被送到月讀命的神社時，可說是奄奄一息。

「……這樣真的沒問題嗎？」

穗乃香躺在床上仰望著熟悉的天花板，喃喃說道。良彥明天一打完工，就會和田村麻呂一同前往大天宮，向建御雷之男神等神報告田村麻呂答應相助之事。兒子的遺物確實很有可能給荒脛巾神帶來影響，這可說是目前想到的方法之中最有效果的一種，可是是吉是凶仍是未知數。即使如此，良彥大概還是會毅然行動吧！

身負重傷的良彥被送來時的情景重現於腦海之中，穗乃香緊緊地閉上了眼睛。

為何他總是這麼輕易地往火坑裡跳？難道他的眼裡完全沒有擔心他的人嗎？穗乃香明白他想救黃金的心情，但還是希望他能夠多珍惜自己一點。難道這是種奢求嗎？

穗乃香吐了口氣，坐起身子。不安似乎逐漸轉變為怒氣了。就算自己在這裡生悶氣，事態也不會有任何改變。

「我……能做的事……」

穗乃香凝視著自己的雙手。為了黃金，為了荒脛巾神，為了良彥，自己能做什麼？期待誰都不會受傷的結局或許天真，但她還是想努力追求這樣的結局。

穗乃香從窗簾縫隙間眺望夜晚的住宅區。

但願這種平凡無奇的夜晚今後也會一直持續下去。

「……就是這樣，希望祢能幫忙。」

隔天，穗乃香算準良彥出門打工的時間，攔截一起走出家門的聰哲。

「只、只要您不嫌棄，我隨時可以幫忙！」

一人一神在住宅區一角竊竊私語。其實沒必要這樣鬼鬼祟祟的，單純是氣氛問題。

「的確，差使兄營救方位神老爺的心意已決，現在才要勸他另尋方案，應該很困難吧！」

「是啊！良彥先生基本上很溫和，可是一拗起來沒人攔得住……他不是那種可以同時考慮許多事的人，所以我覺得由我來考慮比較好……」

穗乃香一面在住宅陰影處躲陽光，一面說明。

「備好腹案，以防萬一，對吧？」

「對，就是這個意思。」

穗乃香確認良彥不在通往車站的道路上。雖然讓他知道也無妨，但是穗乃香不願讓他白期待一場，因此決定先瞞著他。或許到頭來還是想不出任何方案，可是不採取行動，穗乃香實在坐立難安。

「所以我該做什麼？」

聰哲摩拳擦掌地問道。如今連田村麻呂都答應相助，祂應該也很想出一份力吧！

「我想請祢陪我去一個地方。」

去哪裡？聰哲詢問，穗乃香說道：

「再去一次人頭塚。」

之前討論過，就算阿弖流為與母禮的人頭塚是真的，也不太可能有任何物品遺留下來。別的不說，從神社境內改建為公園的那一刻起，要尋找人頭塚的遺跡就變得難上加難了。即使如此，穗乃香還是想碰碰運氣，或許除了田村麻呂的佩刀以外，還能找到其他可以交給荒脛巾神的物品。

「可是，沒有任何證據可以證明那座人頭塚是阿弖流為和母禮的，只是從某個時候突然開始盛傳這種說法而已。石碑好像是在東北人的主導之下建造的。」

和聰哲一起再次造訪人頭塚的穗乃香去詢問過負責管理的神社，也請教過公園裡的老人，大家幾乎都是這種反應。或許這代表雖然不知道人頭塚是否為真，至少供養的心意是真的。縱使把整座土丘翻過來，大概也是一無所獲吧！

「呃，上次我也問過，阿弖流為和母禮的身體是葬在別的地方，對吧？」

穗乃香躲在土丘上的茂密楠樹底下，如此詢問。

「對，不是這裡，而是在更前頭的刑場附近，他們的私人物品應該也都一起埋葬了。對不起，我也記不清了……」

「不……勾起祢不愉快的回憶，我才該道歉。」

一人一神互相低頭致歉。聽哲望著刑場的方向。

「那一帶現在都是住宅，要找大概很困難……」

「可以過去看看嗎？」

「當然。」

穗乃香跟在聽哲身後，再次環顧周圍。聽說鄰接的神社歷史悠久，可是周圍全都是現代建築物。如果沒有聽哲，她鐵定是一頭霧水。

「聽哲先生當年也看過阿弖流為送給田村麻呂老爺的刀嗎？」

走著走著，穗乃香不經意地提出了這個問題；聽哲的臉龐倏然一亮，回頭說道：

「有！我前去拜會的時候給我看的，還記得我當時興奮得不得了！有別於大和的刀，粗厚有力，聽說是阿弖流為的父親傳給他的。」

「父親的……阿弖流為一定很信任田村麻呂老爺，才會把這麼重要的物品送給祂……」

穗乃香感慨地說道。如今她才明白田村麻呂為何在死後成仙之後依然佩帶著那把刀。

「是啊……啊，不過田村麻呂老爺也有贈刀給阿弖流為。不是官府配給品，而是延請知名刀匠打造的寶刀！」

聽哲陶醉地凝視著空中，說道：

「那熠熠生輝的刀身……光是回想起來，就讓我忍不住打顫。當時我看了好想要，甚至還求祂割愛，可是被祂一口拒絕了。」

聽了這段極具聰哲之風的小插曲，穗乃香不禁苦笑。只要扯上刀劍，祂的膽量就跟著大起來了。

「從前有這類……互相贈刀的習俗嗎？」

「倒也不是習俗……這麼說吧，刀劍帶有武器以外的意義。比如皇帝會賜節刀給將軍或遣唐使，這種時候，節刀就代表全權委任的信物。聽說田村麻呂老爺就是仿效這一點贈刀給阿弖流為的，應該算是一種誓言吧！」

「誓言……」

穗乃香對刀劍一無所知。在時代劇裡看到的刀劍只是單純的武器，她從沒想過刀劍會帶有其他的含意。

「阿弖流為也贈刀給田村麻呂老爺，代表他們互相信任……」

「大和人佩帶蝦夷人的刀，蝦夷人佩帶大和人的刀……我一直以為這樣的他們正是新時代的象徵……」

「如果田村麻呂老爺送給阿弖流為的刀也還在就好了……」

穗乃香喃喃說道。那是連聽哲都想要的寶刀，應該可以成為兩人的誓言與信賴的重大證據。

「啊，那把刀還在。」

聽哲說得十分乾脆，穗乃香聽了啞然無語。

「就在我的寶庫裡。我時常拿出來欣賞，那真的是一把上好的寶刀……」

「咦……」

「刀身的肌理看起來就像流水一樣，筆直的刃紋十分鮮明，我猜應該是海外傳來的技術，而天石說，啊，天石就是打造那把刀的刀匠，他的師父學了這種技術——」

「請、請等一下！」

穗乃香忍不住停下腳步叫道。路上的附近居民不明就裡，一臉訝異地轉頭望著她。

「為什麼那把刀會在聽哲先生手上？」

「為什麼？」

聽哲錯愕地歪起頭來。

「你不是說阿弖流為和母禮的私人物品都和屍體一起埋葬了嗎？」

經穗乃香這麼一說，聽哲才猛地醒悟過來，愣在原地。

「為什麼會在聽哲先生手上？」

穗乃香再次詢問，聽哲愕然地睜大眼睛，搜尋記憶。祂皺起眉頭，困惑地移動視線，一臉不安地回溯模糊的往事。

「為什麼……我……」

聽哲茫然地喃喃說道，抱住腦袋，在原地蹲了下來。

「不知道……我好像忘了什麼——」

「聽哲先生！」

穗乃香用清楚響亮的聲音呼喚祂的名字，將祂的意識拉回自己身上。如果可以，穗乃香也希望祂能想起過去的記憶，但現在有更重要的事要做。

「請讓我看看那把刀！現在就要！」

懾於穗乃香氣勢的聽哲點頭如搗蒜，立刻帶著穗乃香奔向自己的神社。

⛩

「師父。」

那一天，反覆鍛打了幾次以後，扛著長柄大鎚的兒子福萬呂如此呼喚。他們雖然是親生父子，但是在打鐵舖裡，福萬呂總是如此稱呼天石。天石並沒有要求他這麼做，或許這是他公私分明的表現吧！又或許是代替在官營鑄鐵場工作的哥哥管理這裡的責任感使然。

「差不多該收工了吧？晚飯早就冷掉了。」

天石一直注視著滾燙發紅的鋼鐵與揮落的鎚尖迸出的火花，直到福萬呂提醒，才發現遮陽布彼端的天色已經變暗了。

「已經這麼晚了？」

天石看著撬棍前方的鋼塊。雖然刀身尚未成形，但是不能輕忽這道工程。這時候下的工夫夠不夠，決定了刀的品質。這是教天石鑄刀的養父一再苦口婆心地教導他的道理。

「距離期限還有一段日子，今天就到此為止吧！」

福萬呂放下沉甸甸的鎚子，捶了捶腰部。鍛打無法獨自進行，一定要兩、三個人一起合作，不能單單遷就天石一人。

「……沒辦法。」

天石不情不願地宣告收工，熄掉爐火。換作平時，大家會懷著感謝之心，用寶貴的煤炭餘燼烤香菇來吃，但是今天的時間已經太晚了。包含兒子在內，打鐵舖裡還有幾個弟子，一看見天石準備收工，全都鬆了口氣，開始收拾物品。當頭兒也不容易啊！天石暗自嘆息。他有時候真想嘀咕幾句：何必如此綁手綁腳的？可是福萬呂不知道是像了誰，總是謹守這類規矩，天石也只好由他去了。反正再過幾年，自己就會駕鶴西歸，屆時扛起這座打鐵鋪的是他。

天石把收拾工作交給弟子，確認今天的成果。委託天石打這把刀的官爺說他要的是救人的刀；雖然是為了戰爭而打造，但並非用來殺人，而是用來立誓。我們看不見神佛，不代表神佛不存在——不知何故，說這番話的那位官爺的身影和孩子們重疊了。既然是用來對神明立誓的刀，天石自然是義不容辭，毫不猶豫地接下了這份工作。

天石摸了摸行動不便的右腳。幼年時受的傷使得膝蓋無法彎曲。這陣子手也開始發抖了，不知道還能打多久的刀？

「……哎，不過，就算這是最後的工作，我也了無遺憾了。」

天石從沾了煤炭的衣服上方輕輕觸摸胸口，喃喃說道。小時候沒有的印記至今仍在胸口上強力督促心臟跳動。他能夠活到今天已是奇蹟，若再有任何奢求，就是貪得無厭了。

「公公，飯煮好了。」

媳婦帶著兩個孫子前來叫他吃飯。

「爺爺，去吃飯吧！」

「嗯，好。」

在孫子口齒不清的催促之下，天石站了起來。

但願這些孩子以後也能夠永遠健健康康的。

但願這把刀能夠成為那位官爺的救星。

天石仰望著星星開始眨眼的天空。

神明的天幕今天依舊美麗如常。

要點

神明講座 7

告訴我刀的變遷過程！

田村麻呂那個年代的刀和我們在時代劇裡看到的刀不一樣，幾乎都是沒有弧度的大陸樣式直刀，到了平安中期以後，才變成有弧度的刀。後來經過多次改良，刀的形狀隨著時代而逐漸改變，但基本的打造方法與平安時代大同小異。現在生產鑄刀原料「玉鋼」的只有位於奧出雲的日本美術刀劍保存協會營運的「日刀保吹踏韛」。

古時候建御雷之男神使用的布都御魂劍
現在被當作聖物供奉在石上神宮裡。
它的刀身是朝刀刃方向彎曲的，
據說是單刃大刀。

七尊　贖罪與決心

一

擔心我的孩子。

擔心我們的孩子。

一直在山上關注著他們。

雖然觸手可及，卻強自壓抑接觸的渴望，吹起充滿慈愛的風代替。這陣風帶來了適度的雲雨，孕育作物與野獸，呵護孩子們。受主人國之常立神之託護祐人類的天照太御神是否就是懷著這樣的感情看著人類的？不，自己八成更加偏袒人類吧！畢竟每隔不到三天就來依代前祈禱的，正是自己的兒子。

成年禮結束以後，母親消失無蹤。頭幾天，阿弖流為四處尋找母親；他上山下湖，無論是在打獵途中或下田工作時，都在尋找母親的身影。父親告訴他：你的母親是荒脛巾神，看到你平安長大成人，就回到山上去了。然而，他一時間實在難以置信。就在這時候，不忍心兒子苦苦尋找自己的荒脛巾神悄悄地托夢給他。

我可愛的孩子啊！娘永遠與你同在。

當你感到心頭紛亂的時候，就向齋場的依代祈禱吧！

自那一天起，阿弖流為彷彿擺脫了心魔一般，恢復了平靜；相對地，他變得常去齋場，像是閒聊似地逐一報告打獵的成果、農作物的生長狀況、開始經營養馬場、哪戶人家的嬰兒已經會走路了之類的瑣事。有時候，他也會帶著改名為母禮的呂古麻前來，感謝上天讓兩人依然保持友誼。過了二十歲以後，他帶了一個美麗的姑娘前來，說要和她成親。該如何形容當時感受到的喜悅和些許心酸？世上的母親都懷著這樣的感情嗎？馬火衣想必也是一面喜極而泣，一面喝酒吧！

然而，和平的日子並未持久，西方開始大舉進攻蝦夷的村落。母禮居住的村子也認為戰爭已經無可避免，提議與阿弖流為他們聯合作戰。

就在這時候，阿弖流為帶了一名大和少年來到奉祀荒脛巾神的石塚前。

第一眼看到那名少年時，荒脛巾神振動全身的鱗片，欣喜若狂。

啊，這名少年一定能夠成為阿弖流為和母禮的助力。

一定能夠成為蝦夷與大和的橋梁。

祂原本是這麼想的。

誰知道——

「……沒錯，該憎恨的是那個男人。」

荒脛巾神從記憶之中緩緩地浮上現實，睜開了眼睛。祂似乎在不知不覺間睡著了。清風吹過了寬敞的草原。輕撫臉頰的風雖然柔和，卻無法帶來任何慰藉。

「若不是那小子提出和睦，帶著孩子進京，若是他阻止行刑——或許未來就不一樣了。」

得知愛子喪命，怒氣攻心的荒脛巾神在國之常立神的安排之下陷入了沉眠。如今醒來，原以為會有滿腔怒火衝著那個男人而去，誰知怒火並未燃起，反倒是對這個人世的空虛感膨脹了數倍。不知道是因為田村麻呂已死，沒有復仇的對象了？還是因為時光一去不復返，令祂萬念俱灰？祂自己也不太明白。

就在荒脛巾神陷入沉思之際，水晶裡的金龍似乎動了；然而，傳來的意識依舊微弱，沉滯於深層之中，並未浮上表層。立於地面的水晶就像融化的冰塊一樣逐漸地滲入地面，不久後便會將金龍完全吸收。到時候，兄弟就能回歸一體了。

「……這樣就好，這樣就夠了。」

荒脛巾神與兄弟意識相依，喃喃說道。

「在悲傷之中一起融化，就不會寂寞了。這次一定要打造出我們的理想國度……」

意識觸及大地的核心，悲傷化成了震動。荒脛巾神感受著已然記不清是第幾次的搖晃，說出了心頭突然浮現的疑問。

「欸，兄弟……為何主公……要將我們一分為二，派往凡間？」

縱使是為了守護東方與西方，以國之常立神之眷屬神的能為，一神已綽綽有餘。

「祢可有想過，倘若我們始終是一體，就不必如此痛苦了？」

荒脛巾神閉上了眼睛。

擁有黑色與金色鱗片的龍。

如果沒有一分為二，是否也會和我們一樣愛護人類？

慢慢融化的水晶傾斜了，金龍的腳終於觸地，沉入了地面。

⛩

昨天，見了穗乃香從聰哲的收藏品中帶回來的刀，田村麻呂一方面感到懷念，同時也想起了贈刀的朋友，表情五味雜陳。

「錯不了。雖然不知道為何只有這把刀留存下來，但這確實是我送給阿弖流為的刀。」

筆直的黑漆刀鞘上帶有雕金與螺鈿裝飾，握柄捲上麻布以後，又塗上了黑漆；護手偏小，刻有橢圓形的鏤空，邊緣和鞘口的金屬配件及佩掛腰間用的山形護環皆是完好如初。聽哲依然想不起祂是如何得到這把刀的。刀是在阿弖流為被帶往刑場之前沒收的，之後和身體一起埋葬——聽哲的這番記憶究竟正確與否，如今也變得令人存疑了。

「……會不會是聽哲偷偷放走了阿弖流為他們？」

良彥靈光一閃，如此問道，田村麻呂立即搖頭否定。

「不可能，我親眼看見他們人頭落地……當時阿弖流為似乎說了什麼，同樣是我想忘也忘不了的回憶。」

聞言，良彥無言以對。

無論如何，現在兩把刀齊聚於良彥面前，與毫無線索的先前相比，可說是莫大的斬獲。互贈的刀確確實實地展現了他們的友情與信任。

「不過……」

良彥喃喃說道，仰望夏夜的天空。

「我還是覺得少了殺手鐧……」

時間已經過了深夜一點，住宅區裡只有街燈依舊燦然生光，幾乎所有住家都熄掉了燈，白天感受不到的寂靜包圍了四周。良彥睡不著，偷偷溜出家門散步，但越走越清醒。聰哲依然在他的房間裡留宿，讓他倍感安慰。大國主神和祂一直輪流陪伴良彥，就像是怕他覺得孤單一樣。

今天，良彥出示兩把刀，向建御雷之男神祂們表明明天就要啟程前往東北。眾神在同意良彥前往的同時，也聲明若是說服荒脛巾神失敗，待祂們救出良彥以後，便會採取必要的行動。換句話說，祂們可能會放棄分開黃金和荒脛巾神。將單一神明的犧牲與住在日本的眾多神明及凡人放在天秤兩端權衡之下，這也是不得已的選擇。談話期間，以京都為震央的震度五弱地震侵襲了關西地方，宛若在警告他們一般。地震以同心圓形式擴散至全國各地，撼動了整個日本列島，社群網站上一陣騷動。雖然有些地方的老舊建築物或圍牆因而倒塌，所幸無人死亡。只不過，伊豆半島與九州地方的火山似乎受到誘發而活化，開始冒煙。對於荒脛巾神而言，這應該只是打個招呼而已吧！

良彥穿過了住宅區，漫無目的地走向高野川上游。幸好日本的城市已經習慣地震，不至於因為震度五弱的搖晃而造成重大災害。環顧周圍，是一如平時的風景；不過，良彥知道這樣的和平是建立於一線之上。夢中所見的火海至今仍然在腦海中縈繞，揮之不去。

或許良彥可以拿出刀來，向荒脛巾神證明田村麻呂與阿弖流為之間有著堅定不移的信賴與誓言；然而，對於荒脛巾神而言，祂的孩子並不會因此歸來，田村麻呂未能保住阿弖流為等人的往事也不會因此消失。光是這麼做，能夠安撫生了心病的荒脛巾神嗎？能夠救出依然深陷於失落感之中的黃金嗎？

「哎，反正也沒時間猶豫了……」

良彥希望能夠多了解金龍時代的黃金，便抱著死馬當活馬醫的心態，在離家之前將妹妹囤購的麵包脆餅擺在玄關前。那是百貨公司地下街的商品，對方應該會上鉤吧！雖然得向妹妹磕頭賠罪加賠償，如果這樣就能擺平問題，可說是十分划算。

土堤方向傳來蟲鳴聲。明明正值半夜，氣溫卻依舊很高，沒走幾步路就開始冒汗了。雖然跟建御雷之男神說了明天就要出發，但良彥依然無法拂拭心頭的不安，而穗乃香似乎也察覺了這一點。之所以能夠找到那把刀，正是因為穗乃香積極尋找其他線索。

「聽我說，良彥先生。」

去見建御雷之男神之前，正要爬上大主神社的石階時，穗乃香突然開口說道：

「其實我不希望你去找荒脛巾神。我希望你把刀交給神明，讓神明來解決這件事。」

穗乃香的雙眼一如剛相識時，彷彿能夠看穿一切。

「但是我明白良彥先生擔心黃金老爺的心情，以及想阻止『大改建』的心情。所以我不會叫你別去……」

穗乃香吸了口氣，下定決心，說道：

「不過，我要跟你一起去。」

「咦？」

「我有天眼，可以成為你和神明溝通的橋梁，一定能幫上忙的。」

「不，可是很危險耶！」

「良彥先生不也一樣危險？」

穗乃香難得出言反駁。她露出的笑容宛若因朝露而閃耀的花朵。

「我已經決定了。」

她毅然地說道，輕快地爬上石階。良彥目瞪口呆地望著她的背影，虛脫地仰望天空。她是什麼時候變得那麼伶牙俐齒的？剛認識的時候，她明明只是個缺乏自信又沉默寡言的高中生。

「……傷腦筋。」

良彥想起白天發生的事，喃喃說道，停下了腳步。必須保護的少女在不知不覺間成了並肩作戰的戰友，這個事實讓良彥的心中逐漸萌生過去不曾有的感情。或許這能促使他更加慎重地與荒脛巾神談判。

要是自己受傷了，她應該會傷心吧！

這麼想是否太過傲慢？

仰望的夜空中只有寥寥可數的星星。

「啊，你回來啦！」

良彥理好千頭萬緒，回到家中一看，放在玄關前的麵包脆餅已經連同袋子一起消失了，倒是房間裡多出一隻和聰哲一起大快朵頤麵包脆餅的白狐。該怎麼說呢？祂真的從不背叛大家的期待。

「聽說你明天就要動身啦？辛苦了。」

白狐一如以往，大模大樣地搖著尾巴。房間裡有狐狸，讓良彥產生了黃金已經回來的錯覺。

「所以呢？這種時間叫我來做什麼？我可不是成天閒著沒事幹。」

白狐詢問，良彥猛然回過神來。現在不是感傷的時候，時間所剩不多。

「……我想再問問關於金龍的事。」

「搞什麼，又是這件事？我之前不是已經說過了？」

「我想知道有沒有其他可以緩和黃金的失落感的材料。」

「唉！真麻煩。」

白狐用後腳抓了抓耳朵後方，藍色頸帶與雪白的身體相互映襯，格外引人注目。

「因為只有祢認識金龍時代的黃金。」

「去找找就有了吧？比如石頭之類的。」

「我沒有和石頭溝通的能力。」

「哎，它們向來惜字如金。」

白狐開開心心地啃著淋上白巧克力的麵包脆餅。不妙，再這樣下去，會白白損失一袋麵包脆餅。既然向妹妹磕頭賠罪已是勢在必行，至少得設法挖點情報出來。

「很遺憾，差使兄。」

白狐將金色眼睛轉向良彥，彷彿要讀取他的心思一般。

「金龍是老古板中的老古板，就我所知，祂的風流韻事只有上次我說過的那一樁。」

「那個……製作土器的家族？」

「沒錯，你想想，那傢伙只是送了塊碎鱗片，就一直暗自責備自己太過迴護凡人、不夠公正。除了那戶人家以外，祂原本就鮮少接觸凡人——」

話說到一半，白狐的身子猛然一震，僵硬起來。怎麼回事？良彥循著祂的視線望去，但視線前方只有聰哲。聰哲也驚訝地確認自己的背後，可是身後只有床鋪，沒有任何令人吃驚的要素。祂的身旁除了黑鞘寶刀以外，還有許多從老家帶來的收藏品，莫非白狐是因為數量之多而吃驚？

「哎，就是這樣……我也該走了……」

白狐的視線明顯地四處游移，擱下吃到一半的麵包脆餅，緩緩地站了起來，而良彥不容分說地抓住了豎起耳朵快步走向窗戶的祂。

「祢還不能回去。」

「夠了吧！能說的我上次都說完了！」

「那我反過來問個問題。」

良彥詢問自己用手環住前腳底下牢牢抓住的狐狸。

「剛才，應該說上次祢也提過鱗片的事，對吧？」

「那又如何！」

「再次聽祢提起以後，我有一個疑惑……」

上次聽到這段故事時，由於後續發展太過令人震撼，良彥完全沒察覺，直到剛才聽了才發現事有蹊蹺。

「黃金是把鱗片送給了三男吧？」

「沒錯。」

「鱗片並沒有強大的力量，頂多只能充當護身符？」

「沒錯。」

「可是黃金卻一直暗自苦惱，質疑自己是否太過偏袒那個孩子？」

「我就是這麼說的啊！」

白狐掙脫了良彥的懷抱，抖了抖身體，對良彥投以不耐煩的視線。

「這有什麼好疑惑的！金龍那個老古板會這樣，很正常吧！」

「嗯，對，所以我才覺得不可思議。」

良彥筆直地回望白狐，問道：

「既然祂是暗自苦惱，祢怎麼會知道？」

聽哲意會過來，驚訝地望著白狐。

「祢怎麼知道黃金在煩惱？」

良彥追問，白狐瞥開視線，露出了含糊的笑容。

「因、因為……就是……金龍跟我說的。」

「祂不是暗自苦惱嗎？」

「那只是比喻而已。你太死腦筋了。」

良彥訝異地看著嘻皮笑臉的白狐。祂實在太可疑了。

「我和黃金一起生活了近兩年，不認為祂會輕易顯露自己軟弱的一面。祂的確是個老古板，現在也還是一樣。該怎麼說呢？祂不是和祢這種圓滑又樂天的傢伙合得來的類型。」

良彥的視線依然停留在白狐身上，繼續說道：

「所以我不認為祂會跟祢傾訴祂的煩惱。」

白狐嘴角抽搐，慢慢地往後退；然而，手持寶刀的聽哲擋在祂的身後。聽哲好歹也是神明，區區一尊眷屬神，只要祂拿出真本事來，一定抓得住。

「別的先不說，送鱗片的事祢是從哪裡聽來的？」

「這、這個嘛……」

「收下鱗片的三男也死了吧？」

在一瞬間的空白過後，白狐出其不意地跳向天花板，試圖銷聲匿跡，卻被聽哲及時用刀鞘打落。

「痛痛痛痛痛！祢幹什麼啊，白癡！」

「誰叫祢不老實說？」

「啊，真是夠了！看到那把刀在那裡，我就有不祥的預感了！」

趴在地板上的白狐一臉不快地說道。

「祢說的刀，是指那一把嗎？」

良彥望著聽哲手上的黑鞘刀。那把刀怎麼了？

「那是田村麻呂送給阿弖流為的刀，和祢有什麼關係嗎？」

「不知道、不知道！我要回去了！」

「等等、等等，冷靜點。」

如果可以，良彥也不想再繼續虐待動物。他在努力起身並抖動身子的白狐面前蹲了下來，視線不經意地停駐在那條藍色頸帶之上。這麼一提，和月讀命見面時，白狐似乎嚇壞了；當時良彥就覺得奇怪，月讀命和祂的上司宇迦之御魂神應該沒什麼關係，祂幹嘛那麼害怕？

爾——現在依然是逃亡眷屬嗎？

月讀命確實是這麼問的。

這麼說來，祂現在有可能已經不是逃亡眷屬了？

「啊！」

良彥突然想到一個假說。

宇迦之御魂神是須勢理毘賣同父異母的姊姊。換句話說，和白狐關係比較深的應該是「祂」才對。

「祢現在的老闆該不會是——」

聞言，白狐似乎認命了，虛脫無力地垂下頭來。

二

啟程當天，在前往鹽竈神社之前，良彥受田村麻呂之託，來到了從前田村麻呂和阿弖流為立誓和睦之處，荒脛巾神的齋場。齋場位於民宅零星散布於田間的恬靜小鎮山麓，現在已經成了神社；荒脛巾神信仰式微以後，奉祀的是不動明王，奧州藤原氏信奉甚篤。良彥一面望著右邊據稱樹齡超過兩千年但只剩樹根的老樹，穿過了兩座鳥居，而巨石就在坐鎮在深處的本殿後方。平坦的岩石倚著注連繩圍起的巨大岩石，看起來宛若自地下隆起；生苔的岩石上頭有棵狀如張臂的樹木，不知道是從縫隙間長出來的，還是以堆積的落葉為養分在岩石上紮了根。

「……當年沒有這樣的社殿，唯獨依代一點也沒變。不過從前沒有這棵樹就是了。」

田村麻呂來到岩石前，輕撫腰間的佩刀。祂就是在這裡從阿弖流為的手中接過這把刀的。

田村麻呂緩緩地在岩石前跪下，深深地伏地叩拜。對於晚年無法來到此地的祂而言，這是好不容易成就的苦澀邂逅。

「……沒想到荒脛巾神和蝦夷是互有情感，而且阿弖流為還是荒脛巾神的孩子。」

這回自告奮勇接送他們的大國主神盤起手臂嘀咕道。

「如果大家知道這件事，就會對祂更友善一點了。」

「大概是難以啟齒吧！畢竟黑龍和金龍都不是扮演這種角色的神明。」

實際來到岩石前，良彥重新感受到它的龐大。打從田村麻呂與阿弖流為尚未相識的許久以前，荒脛巾神便在這裡接受蝦夷人的祈禱，保佑著蝦夷人。

過於愛護凡人的黑龍。

想愛卻不能愛的金龍。

兩者看似相反，實則相似。

「從前其他地方也有仿照這塊岩石打造而成的塚，不過現在大概不存在了吧！荒脛巾神之花應該也已經絕種了。」

田村麻呂起身之後，淡然說道。相隔千年來到故地，不知祂做何感想？

「咦？穗乃香呢？」

一同前來的穗乃香不見人影，良彥環顧四周尋找她。

「在這裡。」

穗乃香在本殿前回應，聰哲就蹲在她的腳邊。

「移動到這裡的過程中，祂好像暈車了……」

「咦？搭我的安心安全行遍各地傳送術居然會暈車？」

「別取這種怪名字。」

良彥吐嘈一臉意外的大國主神之後，走向聰哲。

「祢沒事吧？」

「沒、沒事，對不起……來到這裡以後，我突然覺得不太舒服……」

聽哲上氣不接下氣地說道，隨即又摀住嘴巴，弓起背部。

「別勉強。」

「抱、抱歉……」

「可是良彥，差不多到了和建御雷之男神說好的時間了吧？」

聽大國主神這麼說，良彥拿起手機來確認時間。這次其他眾神也會同赴東北展開荒脛巾神包圍網。良彥與田村麻呂前往鹽竈神社的時間是事先討論過後才決定的。

「你們先去吧！我們會隨後跟上的。」

穗乃香顧慮聽哲，如此提議。

「就這麼辦吧！良彥。我會照顧他們兩個的。田村麻呂應該能夠帶著良彥移動到鹽竈神社吧？」

從位於岩手縣的此地到位於宮城縣的鹽竈神社有好一段距離，人類自行移動的話，得花費不少時間。

「沒問題。」

對於大國主神的提議，田村麻呂點了點頭。良彥雖然猶豫，思及帶著狀況不佳的聽哲前往，沒有餘力保護祂，便接受了這個提議。兩尊男神姑且不論，留下穗乃香讓他有些不安，不過至少比帶她前往鹽竈來得安全吧！

「那就待會兒見了。」

「嗯，待會兒見。」

良彥與穗乃香相視點頭之後，便出發前往鹽竈了。

待良彥與田村麻呂消失於無形裂縫的另一頭以後，大國主神重新將視線轉向聽哲。

「我去買點飲料過來。穗乃香應該也渴了吧？」

雖說來到了東北，夏天的炎熱並未大幅緩和。這裡有自動販賣機嗎？穗乃香目送如此嘀咕的大國主神走出境內。祂在這方面有時候比人類更加體貼。

「聽哲先生，現在還會想吐嗎？」

穗乃香一面輕撫聽哲的背部，一面問道。她原本懷疑是不是脫水症狀，但轉念一想，神明也會脫水嗎？

「……聽哲先生？」

聽哲沒有回應，穗乃香又呼喚了一次。聽哲依然蹲在地上，一臉痛苦地垂著頭，在急促的呼吸之間擠出聲音來。

「穗乃香姑娘……我想請教一件事……」

「是，什麼事？」

「其他地方……也有那樣的巨石嗎……？」

穗乃香一時間不明白這個問題的意義，眨了眨眼，思索了幾秒鐘。

「呃……祢是指田村麻呂老爺所說的塚嗎？」

現在大概已經不存在的荒脛巾神奉祀標記。

「不，不是的……」

聰哲抬起冒著冷汗的臉龐，望向坐鎮於本殿後側高處的依代。

「我是指那塊巨石本身……」

「其他地方有沒有同樣的巨石？這個嘛……應該不太可能吧……」

穗乃香對於荒脛巾神信仰沒有研究，不過足以成為依代的自然石不可能到處都有。

聰哲一臉痛苦地抓著胸口，大大地吸了口氣。

「那……那我為什麼看過？」

「咦？」

聽了這番告白，穗乃香愕然地睜大雙眼。

「我……我來過這裡——」

「聽哲先生！」

聽哲的身子軟倒下來，穗乃香連忙攙扶祂。隨後，她感覺到身後有道氣息現形；她以為是大國主神回來了，便轉頭請祂幫忙。

「大國——」

然而，話說到一半就停住了。

眼前的是個身穿蝦夷服飾的陌生年輕女子。

⛩

前來東北之前，聽哲臨時準備了刀袋，以便良彥攜刀。雖然神明愛惜使用了上千年的黑鞘寶刀可說是等同神刀，但要是良彥直接拿在手上在外行走，鐵定會被警察攔查。原本要有登錄證才能持有刀劍，想當然耳，這把刀沒有登錄證，因此聽哲千叮萬囑，要良彥絕不可被警察抓到。

「那道咆哮聲是荒脛巾神發出來的嗎……」

來到鹽竈神社附近，田村麻呂立即皺起眉頭。祂似乎也聽到大國主神所說的那種活像哀號的叫聲。

「我聽不見……或許聽不見比較好。」

盛夏的太陽依然君臨天空。時值八月的盂蘭盆節前，光是站在柏油路上就汗流浹背。時間將近下午兩點，雖然是暑假期間，會在這個最為炎熱的時段外出走動的人少之又少。良彥與田村麻呂一同朝著神社邁進。眾神應該已經來到此地，各就各位了。他們和建御雷之男神分頭行動，而祂現在大概正在看得見神社的海上伺機而動吧！荒脛巾神包圍網就在良彥未知之處逐漸編織成形了。

「咦？」

就在高台上的神社即將映入視野之際，良彥發現兩尊眼熟的神明，停下腳步。

「須佐之男命，久久紀若室葛根神……」

這個組合還真稀奇——良彥如此暗想，而久久紀若室葛根神快步走上前來，默默地牽起良彥的右手，並將某種狀似植物藤蔓的物體纏到他的手上。那種物體的質感和祂的腰帶頗為相似。

「咦？什麼？要送我？」

久久紀若室葛根神將淡綠色物體在良彥的右手腕上鬆緊適中地繞了三圈，又靈巧地打了個結，以免脫落。

「……大家在上頭灌注了力量，可以保護你。」

說著，久久紀若室葛根神以瞪視般的眼神仰望著良彥。

「要是死了，我絕不原諒你。」

這句話意外地撼動了良彥的心。

「謝謝……等到一切結束都以後，跟我說說爺爺的事吧！我想知道爺爺幫祢辦了什麼差事。」

聞言，久久紀若室葛根神抿起嘴唇，望著良彥的眼睛，堅定地點了點頭以後，便奔向他處去了。祂應該也有任務要執行吧！

「良彥，我們已經準備好了。」

須佐之男命目送久久紀若室葛根神融入盛夏的空氣消失無蹤之後，如此宣告。

「這個地方已經被眾神重重包圍了。不僅如此，日本各地的土地神與眾神靈也都全心留意著這裡的動向。」

聞言，良彥的腦海裡浮現了過去結識的眾神身影。不知名的眾神與精靈也都屏氣凝神，關注事態的發展。

「我已經下了命令，若有萬一，祂們會爭取時間讓凡人逃命。」

須佐之男命淡然說道，良彥恍然大悟：

「……原來如此，月讀命說的『舍弟應該也正在盡力而為』，是這個意思啊！」

既非為了討伐荒脛巾神，也非為了擁護荒脛巾神，而是替為了最壞的事態做準備而四處奔走。

盡力降低人類的損傷。

這就是祂該做的事。

「謝謝，我會全力以赴的。」

良彥回望著男神深海般的雙眼。

「對了，還有一件事。祢之前說的『神明的禁忌』是什麼，我已經知道了。」

聞言，須佐之男命露出了罕見的驚訝之色，瞪大眼睛。

「這麼一來，很多事都說得通了，對我也產生了很大的幫助。所以，祢別太責備祂。」

須佐之男命啼笑皆非地短嘆一聲。

「連那傢伙都被你說動了？」

「不，有一半是靠威脅的。」

良彥嘻嘻笑道。

「那我走了。」

三

良彥在通往本殿的唐門前暫且停下腳步，與田村麻呂對望一眼。雖然設下結界的只有本殿，一旦踏入這裡，八成又得面對傀儡的出迎吧！突破這裡，與本殿中的荒脛巾神正面對峙，是此行的首要目的。

「好，按照計畫進行。」

良彥泰然自若地宣告。

和田村麻呂一起擬定的計畫是種有勇無謀的賭注，但良彥認為只有自己能夠執行，心意十分堅決。

「……沒問題吧？」

田村麻呂確認似地問道。

良彥點了點頭，握緊微微顫抖的手，穿過唐門。

盛夏的白天香客稀少，而果不其然，一穿過門，香客的身影便倏然消失了。周圍變得安靜無聲，晦暗的風景迎接了良彥他們。

傀儡靜靜地佇立於眼前。

祂身上的蝦夷服飾一如從前，腦袋卻無力地歪斜著。上次良彥似乎看見黃綠色眼睛的臉上又罩上黑色玻璃，玻璃上有道大大的裂痕斜過。

「這就是傀儡？」

田村麻呂小聲說道。良彥點了點頭，胸口隱約感受到上次沒有的痛楚。

神志不清。

不正常。

荒脛巾神生了心病。

想起眾神的說法，良彥覺得眼前的傀儡令人倍感心酸。

神志不清。不正常。

那當然。

祂失去了兒子。

因為悲傷過度而失去理智，有什麼好奇怪的？

「荒脛巾神……不，阿弖流為的娘親。」

田村麻呂呼喚道。

「祢還記得我嗎？」

傀儡毫無反應，只是佇立在原地，連有無意識都無法確定。見狀，田村麻呂吐了口氣，橫眉豎目；良彥感覺得出祂的拳頭使上了勁。

「吾乃征夷大將軍，坂上田村麻呂！」

從丹田發出的渾厚聲音震動空間，襲向了傀儡。

「正是祢的兒子阿弖流為與深愛這片土地的蝦夷人的仇人！」

傀儡的腦袋猛然一震，歪斜的腦袋以機械式的動作直立起來。田村麻呂繼續說道：

「明知必死無疑，還將祢的兒子與母禮帶往京城的人就是我——是我殺了他們！」

傀儡登時一躍而起，跳向上空，並隨著一道不成言語的低吼聲落到了田村麻呂的上方。一瞬間，田村麻呂朝著腰間的佩刀伸出了手，但最後並未拔刀，而是用雙臂護住頭部，接住傀儡的攻擊。

「快走，差使！」

田村麻呂抓住了攻擊頭部的傀儡雙臂，如此叫道。祂的額頭被利爪劃裂，血流如注。

「別拖拖拉拉的，用跑的！」

在田村麻呂的斥喝之下，良彥奔向本殿。

趁著田村麻呂絆住傀儡的時候，良彥獨自衝入本殿，與荒脛巾神會面。明明是照著計畫進行，良彥卻有種心頭被緊緊揪住的感覺。蹬著石板路的腳十分沉重，呼吸似乎變得比平時更加急促；觸及臉頰的空氣像是在警告他別靠近似的，留下了類似靜電的痛楚。

「黃金！」

良彥忍不住叫道：

「黃金，祢聽得見嗎？」

若不這樣大叫，他怕腳會軟下來。

繞到上了紅漆的拜殿深處一看，只見奉祀建御雷之男神與經津主神的左右宮被木製的玉垣圍了起來。這裡應該就是結界的境界吧！良彥站在柵門前，試圖用手推開，但柵門文風不動，簡直不像是木製的，觸感也和大理石一樣平滑牢固。

「哎呀，終於來啦？」

突然傳來這道聲音，良彥回頭一看，只見剛才空無一人之處出現了一個矮小的老翁。老翁頭頂光溜溜的，白色鬍鬚十分醒目，一身圖案花俏的和服，衣襬捲起來紮在腰帶裡，不知何故，腳上穿的是沙灘涼鞋。

「咦？你是誰？」

這裡居然有新敵人？良彥繃緊身子。總不會是香客吧！

「真失禮，我是鹽土老翁神。你以為是誰在維持建御雷之男神的結界？不過，現在沒時間慢慢抱怨。你可以叫我鹽爺。」

「鹽爺？」

「我不想再聽到那種悲哀的聲音了，你快點想辦法解決。」

老翁連珠炮似地說道，在胸前拍了下手，而祂合起的雙手之間開始洩出青白色光芒。

「聽好了，結界只有一瞬間會變弱，可別錯過了。」

話才說完，唐門方向便傳來轟隆巨響，良彥回過了頭。從這裡看不見田村麻呂的戰況。

「現在先把心思放在這邊吧！一旦走進裡頭，除非分開金龍和荒脛巾神，否則你是出不來的。」

「……我知道。」

良彥做了個深呼吸。現在支撐這個結界的已經不只建御雷之男神一神之力了。

「數到三——一……」

良彥與老翁齊聲計數：

「——二……三！」

瞬間，柵門變為普通的木頭質感。良彥沒有放過這個機會，挺身一撞，衝進裡頭；他回過頭，看見老翁豎起拇指，而門隨即關上了。

「謝謝！」

雖然不知道老翁聽不聽得見，良彥還是如此大叫。

「……好了。」

良彥吸了口氣，將視線轉向自己背後的景色。原本該有的是奉祀建御雷之男神的左宮和奉祀經津主神的右宮，可是現在拓展於眼前的卻是一望無際的草原，傳來的只有微風吹拂青草的聲音。天空一片蔚藍，陽光和煦，白雲緩緩移動，在大地上留下了影子。明明是恬靜的景色，卻給人一種心神不寧的感覺，大概是因為沒有生物的氣息吧！

「荒脛巾神？」

良彥呼喚站在那裡的女性。背對自己而立的祂的黑色長髮與身上的服飾和傀儡一模一樣。

祂緩緩地回過身來，左眼是紅色的，右眼則是熟悉的黃綠色。

「……又是你？」

祂的聲音比良彥料想的平靜許多。

「死心吧！金龍不會回到你身邊了。完全融合只是時間的問題。」

荒脛巾神示意腳邊，只見有個塊狀物體緩緩地沉入地面。良彥看見關在裡頭的是什麼以後，連忙奔上前去。

「黃金！」

關在扭曲水晶裡的黃金脖子以下都已經被大地吞沒，只剩下頭部了。

「祢等著，我立刻救祢出來！」

良彥立刻使勁拔除周圍的青草。由於沒有工具，他只能徒手挖土，後來挖到了小石塊，便改用小石塊挖土；然而，沒有大型鏟子，終究趕不上下沉的速度。非但如此，即使挖掘水晶旁邊，也挖不到埋沒的水晶，只能挖到泥土；換句話說，這個水晶是像冰塊一樣連著黃金一起融入土裡的。

「這個世界是我的內側，也是外側。吞食兄弟的身體，並在這裡融化兄弟的心以後，我們就能真正地合而為一。只是再度回歸一體而已……」

荒脛巾神對於良彥的焦急漠不關心，只是失魂落魄地仰望天空。那裡並沒有小鳥或昆蟲，只有一片清澈得有點詭異的藍天。

「是內側，也是外側……？」

良彥喃喃自語。最近好像聽誰說過類似的話。

「祢的世界這麼冷清嗎？」

聞言，荒脛巾神緩緩地將意識轉向良彥，並用那雙異色眼眸望著他，喃喃說道：

「……沒開。」

什麼沒開？良彥歪頭納悶，荒脛巾神望著一望無際的草原。

「我最想看的花沒開。」

「……花？」

良彥輕聲反問。他不知道這個空間的原理是什麼，不過花開不開，不是荒脛巾神的意志可以控制的嗎？

「是因為力量還不完整嗎？」

荒脛巾神詫異地凝視著自己的雙手。良彥瞥了緩緩下沉的黃金頭部一眼，再次將視線轉向荒脛巾神。現在沒時間拖拖拉拉的。

「那種花開了，祢就會滿意嗎？」

良彥詢問，荒脛巾神緩緩地抬起頭來。

「這個嘛……」

祂以少女般的動作思索，最後還是沒有說出答案。

「……就算引發『大改建』，也換不回阿弖流為他們。」

良彥低聲告知。人死無法復生，歷史無法改變。還是說「神明」真的有這般能力？

「養育阿弖流為長大成人的是祢吧？」

面對這個問題，荒脛巾神以微笑代替回答。

「我借用阿弖流為生母的面貌，在那個村子裡撫養他長大。那些日子讓我知道什麼是幸福。西方的兄弟應該沒嘗過這種滋味吧！」

帶有陶醉與嘆息的聲音聽起來有些得意。

「不過，我們不該這麼做，因為愛護人類不是我們的職責。原以為好不容易贏過了兄弟，其實從我動念撫養嬰兒的那一刻起，就註定了我的敗北。」

荒脛巾神將視線轉向下巴即將沉入土裡的黃金。

「我已經累了……」

輕喃聲傳入了良彥的耳中。

「我的孩子不會回來了，而我也贏不了兄弟。況且，現在的人世壓根兒沒有保護的價值。享受神明賜予的生命，在神明的背部形成的大地之上生活，卻毫無感恩之心，只會命令神明替他們實現貪欲——這樣的人類，還有任何必須愛護的理由嗎？」

胸口產生一陣鈍痛，良彥忍不住使勁握緊左手上的刀。丟幾個銅板便開始向神明大肆許願的人類，過去自己也是其中之一。

不過，現在不同了。

「……並不是所有人類都是這樣的。」

良彥喃喃說道，荒脛巾神抬起了視線。

「阿弖流為的事我很遺憾。祢們兄弟之間的恩怨我不明白，不過人類的事我略知一二。我在成為差使之前，對神明一無所知，甚至認為神社就是用來許願的地方……不過，成為差使以後，我就懂了。這樣的人雖然很多，但不是每個人都這樣。」

良彥急切地訴說，腦海裡浮現了遙斗的面容。他現在依然勤跑神社，一心想為高龗神效勞。在大三島認識的優真不知過得可好？他和稻本很要好，以後一定可以成為懂得感恩的大人。和歌山的大野雖然滿口怨言，現在應該還是和姊姊一起在協助父親進行研究吧！

「有的人很注重地鎮祭，有的人研究古事記和日本書紀，也有人超級重視狸貓神——我和黃金一路走來，認識了許多這樣的人。」

自己所知的只是極小的一部分，全國各地一定有更多這樣的人。

不為自己，而是為別人的幸福而祈禱的人。

對於生在人世滿懷感恩的人。

「所以……所以，請祢再等等。」

良彥在原地跪了下來。黃金的臉已經融化了大半。

「請祢重新考慮『大改建』，求求祢……」

良彥磕頭懇求。萬一最後還是救不了黃金，唯有這件事。

唯有這件事無論如何都不能讓它發生。

「……我有點明白你為何是差使了。」

荒脛巾神俯視著良彥，喃喃說道。良彥抬起頭來，只見荒脛巾神的臉上帶著泫然欲泣的笑容。

「啊，可惱……」

祂的異色雙瞳染上帶有凶光的絕望色彩。

「太可惱了，西方的兄弟！」

下一瞬間，荒脛巾神的胸膛不自然地隆起，漆黑的龍頭衝破衣服與皮膚而出。從人形之中現身的巨龍盤轉身軀，坐鎮於良彥面前。良彥護著臉部抵擋風壓，拚命地抓住地面的青草，以免被吹走。好大，活像一座山。

「——黃金？」

看見從粗壯的脖子分歧而出的金色龍頭，良彥如此大叫。雖然完全不像狐狸，不知何故，良彥確信那就是黃金。那就是被吞食的身體嗎？睜開的黃綠色眼眸黯淡無光，看不出有無意識。不過，或許這正是祂的心尚未完全與荒脛巾神融合的證據。

「我們必須合而為一，必須同化。」

黑龍以機械式的平板聲音說道。在遠比自己巨大的紅色雙眸捕捉之下，良彥下意識地倒抽了一口氣。沒想到竟會如此壓倒性地體認到自己的無力。

「既然如此，連這個凡人也一併融合就行了。這麼一來，我們就會變得完全相同。」

從那雙紅眼中看不見任何感情。沒有憤怒，也沒有悲傷，或許是因為眼中只有絕望吧！

「一併融合就行了。」

就在這道聲音傳來的同時，良彥察覺落在自己身上的影子。他心下一驚，轉過視線一看，只見金龍的白牙與紅舌已經逼近眼前。

「黃——」

他還無暇反應，視野便暗了下來，堅硬與柔軟的物體同時包覆了他的身體。

金龍的喉嚨咕嚕一響，只剩下一隻布鞋躺在原地。

「已經太遲了……一切都太遲了……」

黑龍喃喃說道，突然支撐不住脖子，轟隆一聲，倒了下來。

水晶裡的狐神如今只剩下耳朵了。

⛩

擦拭額頭的手染上了鮮血。原來成為神明以後還是會流血嗎？田村麻呂莫名冷靜地暗想。傀儡的動作從剛才開始變得格外緩慢；田村麻呂硬生生地扒開攀在自己頭上試圖攻擊脖子的祂，並運用摔角的要領將再度攻來的祂摔落在地，卻還是挨了一記力大如牛的踢腿，飛到了唐門邊。縱使現在的田村麻呂變得比人類更加強壯，對手畢竟是國之常立神的眷屬，若要久戰，幾乎沒有勝算；不過，只要能夠爭取時間讓良彥進入本殿就夠了。

提出這個計畫時，良彥面有難色；他認為縱使危急時會有其他神明趕來相助，獨自對付連大國主神都可輕易打飛的傀儡，實在太過魯莽了。田村麻呂反指獨自闖進本殿才叫魯莽，而良彥的臉上流露出明顯的不悅之色。感情全寫在臉上的人很有意思。回想起來，宮中的人都是皮笑肉不笑，不知腦子裡在打什麼主意。

「阿弖流為……」

田村麻呂一面抖動肩膀喘息，一面呼喚朋友的名字。

「當時你想說什麼？」

阿弖流為臨刑前抬起臉時的表情依然烙印在田村麻呂的腦中，揮之不去。每次思考這個沒有解答的問題，祂便不禁自問當時是否真的別無他法。即使變為神明，受人奉祀，也不曾有一刻忘懷。

將田村麻呂一腳踢到唐門邊的傀儡自己也是傷痕累累，衣服變得破破爛爛，衣袖撕裂，左臂斷落，頭髮也有多處脫落。在龜裂的石板路上靜止不動的祂試圖往前踏出一步，卻晃了一晃，橫倒下來。田村麻呂皺起眉頭，隔得遠遠地觀察祂的狀況。祂的反應顯然大過所受的傷，莫非是本體產生了什麼異變？傀儡以右手拄地，試著起身，可是使不上力，再度趴了下來。看著祂那白皙的膝蓋被石板的碎片刺破，田村麻呂用力咬住了牙根。祂明明見識過更加悲慘的戰場，眼前的光景卻是格外扎心。

祂不想看到強大的蝦夷守護神淪落至此。

不想在這樣的狀況之下和朋友的娘親重逢。

田村麻呂緩緩地走上前去，在趴倒在地的傀儡面前跪了下來。

「對不起……我很想救祢的兒子，救祢的孩子們……可是沒能趕上。」

田村麻呂牽起傀儡傷痕累累的右手，感覺起來又冰又冷。祂從腰間拔出阿弖流為的刀，放到傀儡手上。

「這是祢兒子的刀，他說是父親傳給他的。」

雖然看不見漆黑玻璃彼端的表情，田村麻呂依然沒有移開視線，繼續說道：

「我從沒見過那麼勇猛又仁慈的男人……一定是父母親教導有方。」

呵！微笑的空白與漆黑的沉默。

隨後，田村麻呂的身體感受到些微的衝擊；祂低頭查看。

只見母神手上握著的朋友之刀深深地刺入了自己的腹部。

此時，田村麻呂的腦海中浮現了臨刑前的阿弖流為。

「　　　」

不知何故，在這一瞬間，田村麻呂總算明白他的遺言是什麼了。

「……是嗎……原來是這樣啊……」

田村麻呂沒有反抗，而是抱住了傀儡。

「我來得太晚了……」

滴在石板路上的鮮血慢慢暈開，宛若花朵綻放一般。

要點

神明講座 8

阿弖流為和母禮的人頭塚真的存在嗎？

就和小說裡良彥他們所到的地方一樣，位於枚方市。不過，關於阿弖流為等人的處刑地有各種說法，並沒有定論，只知道是在河內國的某處。由於人頭塚同樣沒有明確的證據，也有人對於它並非史蹟卻設置石碑之事提出了批判，但是在住宅區之中，卻悄悄地傳頌著北方英豪之名。

據傳是由田村麻呂建造的京都清水寺裡
也有阿弖流為與母禮的石碑，
如果有機會到清水寺，
不妨找找看。

八尊　所愛

「屬下想請教一個問題。」

擁有金色與黑色鱗片的龍曾如此詢問引發第六度「大改建」的主人。

「在第七度的世界裡，仍要創造人類嗎？」

「沒錯，根源神是這麼打算的。」

主人露出柔和的笑容，如此回答。

「歷經六度失敗，為何根源神仍要創造人類？」

「是啊，為什麼呢？」

主人從是內亦是外之處望著對流、混合並形成新大地的世界。

龍沒有得到明確的答案，思索了片刻。這是要祂自行找出答案的意思嗎？

主人興味盎然地望著沉默下來的龍，撫摸下巴，開口說道：

「凡人是仿照根源神的模樣塑造而成的。靈魂化整為零，肉體死後，又由零歸整。祂應該是想透過這種循環觀察凡人如何成長吧！」

聞言，龍更加混亂了。觀察凡人的成長，有什麼意義？這對根源神而言很重要嗎？

「恕屬下冒昧，主公，這麼做究竟有何意義？」

龍詢問，而主人答得理所當然。

「當然是因為祂疼愛凡人啊！」

「疼愛？」

「所以根源神才稱呼人類為『人子』（註6）。」

主人抖動肩膀，嘻嘻笑道。

「有些道理是無法獨自領會的。」

龍一分為二，下凡守護東西方，是在那不久之後的事。

註6：原文為「人の子」，譯為凡人。

黃金想起了懷念的往事，意識倏然浮上表面。在那之前，都是黑龍的記憶或自己遺忘的記憶像老電影一樣不斷地循環播放，而在這些片段之間毫無預警地出現的，正是一分為二之前、仍是一條龍時的記憶。

為何會在現在想起來？

黃金找不到明確的答案，意識再度沉入溫水之中。兄弟的意識似乎變得更近了。再過不久以後，雙龍便會回歸一體。

沒辦法。

在耳邊如此輕喃的是三由的聲音。

沒辦法，因為祢是劊子手。

殺了我。

殺了我的家人。

還有許許多多的人。

就算那是祢的職責。

祢累了吧？晚安，好好休息吧！

在三由的聲音的引導之下，黃金逐漸融化於舒適的溫度之中。點點灑落的微光依然照耀著眼底。

⛩

良彥迷迷糊糊地望著橫越眼前的大光球。青色、黃色、淡桃紅色、綠色。這些光球乘著平穩的水流緩緩移動，而自己也跟著搖搖蕩蕩地漂浮著。望著望著，良彥突然開始思考這裡是什麼地方。從前好像也來過一次。就在他如此暗想時，被其他光球彈開的黃色光球流過來，穿透了他的身體；瞬間，從未看過的記憶在腦海中播放出來。

幼童遞出的淡青色花朵。

反射午後陽光的河面。

泥土和風的氣味。

全家人睡在一起的安穩夜晚。

良彥在一瞬間的影像中看見戴著白色貝殼手環的纖纖玉手小心翼翼地替沉睡的孩子撥開額頭上的頭髮。不過，與其說是看見，倒不如說是感覺到比較貼切。

良彥突然察覺左手上有個硬物，將意識轉向左手。他的手上握著一把裝在細長布袋裡的刀。看到刀的瞬間，彷彿醍醐灌頂一般，意識倏然清晰起來。良彥總算恢復冷靜，環顧四周。他記得自己被黃金吃掉了，這裡是祂的內部嗎？從前來這裡的時候，那顆光球明明是黃金看著豬手一家的記憶，可是剛才看到的卻不太一樣。記憶的主人八成是女性。

「難道是荒脛巾神的……？」

良彥喃喃說道，觸摸手邊的青色光球。光球裡的是母親對於兒子入夜之後仍未歸來的擔憂之情。良彥吐了口氣，讓自己鎮定下來。這雖然是別人的記憶，但是在這裡觸及的記憶會像自己的記憶一樣共鳴。

「我還以為我被黃金吃掉了……我是在荒脛巾神的體內嗎？」

別的先不說，這裡真的是體內嗎？還是只有意識飛到了其他地方？良彥再次環顧四周，尋找出口，但映入眼簾的只有在黑暗之中漂浮的光球，沒有天花板，沒有地板，也沒有牆壁。就在他思索該如何是好之際，青色光球飛了過來，他反射性地閃避，掉進了桃紅色光球之中。

「——咦？」

竄過腦內的是眼熟的村落風景。在河邊和年幼的妹妹一起玩泥巴的少年畫下了四個六角形圖案。這不是黃金的記憶嗎？

「混在一起了？」

這個事實讓良彥被一股無以言喻的焦躁感包圍。共享記憶，不正代表融合已經進展到這種程度了嗎？

「黃金。」

良彥穿梭於光球之間，呼喚祂的名字。

「黃金，祢在哪裡！」

一觸及光球，記憶便會不容分說地流入腦中；而每當記憶流入，情感就會受到衝擊，無法控制。情感強制切換，比想像中的更加令人疲累。

良彥做了個深呼吸，視線不經意地轉向光球流動的河川對岸，發現那裡有一隻面向自己而坐的狐狸。

「黃金？」

良彥一面小心避開光球，一面涉水渡河。

「黃——」

正要再次呼喚的良彥被後方突然飛來的光球吞沒了。被強制觀看的是荒脛巾神的記憶。祂雖然稱呼金龍為兄弟，卻對金龍懷有崇拜及些許的疏離之情。一板一眼，頑固不知變通，為了完成使命，可以鐵面無私地執行天譴——這就是祂眼中的金龍。

和兄弟相比，自己是多麼地軟弱啊！

真羨慕兄弟如此剛強。

脫離光球的良彥大大地吐了口氣，釋放情緒。

「原來神明的兄弟也會這樣想啊……」

良彥想起自己的妹妹。有別於自己，妹妹是個模範生，無論讀書或運動都能輕易達標；可是，這樣的她也有煩惱，也曾對除了棒球以外一無可取的良彥懷有近似嫉妒的情感。

對岸的狐狸待在原地動也不動。良彥望著祂問道：

「……黃金，祢是怎麼看待荒脛巾神的？」

只見乘著水流緩慢前進的光球之中，有一顆飛了過來，吞沒了良彥。對於明知不可與凡人交流卻闖進凡人圈子裡的黑龍的責備之情，以及同等的羨慕之心；拚命壓抑的好奇心，內心的掙扎；對於貿然接觸凡人，最後卻救不了他們的自己的憤怒之情。

良彥跪了下來，連連眨動濕潤的眼睛。

兩兄弟都在羨慕對方擁有自己沒有的事物，彼此誤解。

光與影，陰與陽。正如這對黑色與金色的兄弟。

良彥才剛起身，又接連被光球吞沒。這些光球就像是要讓良彥了解來龍去脈一般，宛如朝著蜘蛛絲聚攏的亡者，爭先恐後地撞向他；每當光球撞上，良彥便隨著歡樂的記憶微笑，隨著悲傷的記憶哭泣，隨著憤怒的記憶氣惱。在眼前重複上演的生活全都是那麼瑣碎、可愛又尊貴，然而，對於本該保持旁觀立場的雙龍而言，越是親近，內心便越是掙扎，萌生越多疑問。

不能再這樣下去了。

必須保持距離。

明知不能插手。

為何不能插手？

記憶從已然數不清是第幾顆的光球流入，良彥縮起身子，像小孩一樣嗚咽起來。視凡人如己出的黑龍，與渴望視凡人如己出的金龍，雙方的感情席捲而來，幾乎快壓垮良彥的心房。

「可惡……！」

良彥從咬緊的牙關之間低吼似地吐出這句話。

「可惡！」

為何偏偏事與願違？

雙龍是如此地——

如此地渴望愛人。

只是想愛人而已。

良彥打了地面一拳，使盡吃奶的力氣起身，奔向對岸，試圖抓住熟悉的狐神；然而，在他觸碰狐神的瞬間，狐神的身影立即瓦解潰散，化為成堆的沙子。

良彥茫然呆立，望著自己的雙手。司空見慣的雙手指尖不知幾時間失去了色彩，變成透明，彷彿融入了空氣之中。

「咦……怎麼搞的？」

手掌也成了半透明，可以看見另一頭的景象。良彥的全身都起了雞皮疙瘩，想起被吞食之前荒脛巾神所說的話。

——一併融合就行了。

換句話說，自己也會和黃金一樣，與荒脛巾神融合嗎？從剛才開始，良彥便被強制共享祂們的過去和感情，莫非這就是成為祂們一部分的序曲？

良彥喃喃說道，確認自己的全身上下，發現緩慢移動的光球突然像乒乓球一樣開始彈跳。

「……真的假的？」

光球猶如帶有意志似地往某一處聚集堆積，水流外側的光球也被吸引過來；不久後，這些光球化成了必須仰望才能盡收眼底的巨塊，螢火蟲般的柔和光芒倏然消失，一個眨眼，又變成其他物質。

在漆黑之中睜開的是赤紅的雙眼。

和荒脛巾神同樣的顏色。

明明隔著好一段距離，卻無法看清全貌的巨龍現出了身影。

良彥忍不住後退，倒抽了一口氣。這條龍比剛才看到的黑龍更為龐大。他不自由主地軟了腳，癱倒下來，雙手拄著地面，姿勢宛如伏地膜拜，彷彿原本就該這麼做。

國之常立神的正統眷屬，擁有金色與黑色鱗片的巨龍頂著狀若千年古木的大角，俯視著良彥。

⛩

國之常立神以心眼捕捉了癱軟在地的差使，緩緩地睜開眼睛。曾經引導良彥前來的這個空間裡現在除了祂以外，還有另一尊女神存在。女神倚著肘枕，在沒有牆壁、地板與天花板的空間裡看著祂。

「祢的心眼未免太壞了。」

紮起的黑髮上幾乎沒有裝飾，在一身白衣白袴的簡素裝扮之中，鮮紅色的衣襟猶如象徵著祂的尊嚴一般，給人一種凜然難犯的印象。

「沒這回事，我是支持差使的。」

「我不是在說良彥，是在說龍。」

祂坐起身子，端正姿勢，轉向國之常立神。

「要栽培可愛的眷屬無妨，把凡人也捲進來可就不太好了。」

「祂就是這麼一條讓人操心的龍。」

「既然如此，就該好好看住祂，別放任不管。」

女神斷然說道，國之常立神像個被責罵的小孩一樣聳了聳肩。

「祢越來越有母親的樣子啦！大日孁女神——不，天照太御神。」

受國之常立神之託護佑凡人的母神啼笑皆非地嘆了口氣。

「祢打算在這裡旁觀到什麼時候？合而為一的龍說不定真的會引發『大改建』。按捺不住的建御雷之男神找上門來只是時間的問題。」

天照太御神的語氣比和弟弟們說話時更加鄭重了幾分。

「我知道。差使好不容易闖到這一關，就見證到最後一刻吧！」

「最後一刻，是指樹葉凋零的那一刻嗎？」

天照太御神立即反問，國之常立神露出了苦澀的表情。

「再這樣下去，他也會在龍的體內融化的。」

差使也是凡人，對於女神而言，同樣是必須保護的對象。

「不會凋零的，如果是那小子的話……」

國之常立神興味盎然地撫摸鬍鬚。

癱坐在龍的面前失魂落魄的他將會如何行動？國之常立神懷抱著些許期待。或許他可以替不斷苦惱的可憐雙龍帶來答案。

「……良彥。」

國之常立神靜靜地呼喚。

「你能夠拯救龍嗎？」

卄

「……差使啊！」

擁有金色與黑色鱗片的龍呼喚拄著地面茫然若失的良彥。與荒脛巾神極為相似的聲音宛若自地底湧現一般低沉響亮。

「我讚許你雖被吞食卻沒有失去自我的意志力。不過，你該死心了。」

那道聲音溫柔得像是在開導小孩。

「你的自我將會逐漸淡化，融入我們之中。」

良彥仰望著巨龍，彷彿忘了該怎麼說話。他的腳使不上力，全身萎靡，幾乎快趴倒下來。

「……這是祢原本的模樣嗎？」

良彥喃喃問道。即使在這種時刻，黑色與金色鱗片交雜的身體依然美得像纖細的蒔繪，令人聯想至大樹的角充滿了大地守護者的魄力。

「沒錯。是我們兄弟仍為一體時的模樣……」

龍的鱗片發出漣漪般的聲音。

「不過，現在是我的了。金龍沉入了悔悟之海，連意識都深陷其中。祂似乎無法承受那些遺忘的記憶，對於融合沒有絲毫的抗拒。」

龍的臉上浮現了憐憫之色。

「主動親近人類，最後卻見死不救，想必是兄弟想要抹滅的過去吧……」

想要抹滅的過去。

聞言，良彥的腦袋倏然冷卻下來了。有些事情無論如何掙扎都無法抹滅，即使是再怎麼深沉的後悔亦然；這個道理黃金應該也明白。良彥辦理差事時看過許多這樣的狀況，看過許多連神明也不知如何自處的感情。

同時，也看過許多向前邁進的方法。

良彥確認似地握住逐漸失去感覺的手，拄著刀奮力站起來。腳大概也和手一樣成了半透明吧！之所以使不上力，八成也是因為這個緣故。

「……我知道祢有不願想起的過去。」

良彥朝著巨大如山的龍喃喃說道。

「我也知道祢關心那個叫做三由的三男，為了最後救不了他而哀嘆……不過，黃金，祢和荒脛巾神不一樣，祢一直看著人世吧？祢的時間並沒有停止吧？」

見了合而為一的龍，湧上心頭的不是絕望。

而是種悲憤交加的感情。

「難道祢要把一切歸咎於無法挽回的過去，捨棄現在嗎？祢不在乎今後開創的未來嗎？對祢而言，身為差使監督者的這段日子一點也不重要嗎？別夾著尾巴逃之夭夭！」

良彥用丹田大叫，抖著肩膀喘氣。

現在他知道了。

為何黃金愛吃甜食。

為何對家電及交通工具充滿興趣。

是因為想了解人類。

是因為想與人類共享感情。

祂將無法拯救的一家人埋藏在記憶深處，試圖重新來過。

重新與人類一起生活。

難道連這件事祂都放棄了嗎？

「不許你侮辱兄弟。」

龍用粗壯的尾巴拍打無形的地面，這道衝擊震得良彥站不穩，跌坐下來。

「最了解兄弟的失落感的是我，你沒有資格談論這件事。你知道我們兩兄弟有多麼苦惱、多麼掙扎嗎？沉入悔悟之海也是無可奈何。」

紅眼冷冷地俯視著良彥。良彥不甘示弱，再次站了起來。

「……把一切歸咎於過去，逃避現在，也是無可奈何嗎？」

「嗯，沒錯。如樹葉般稍縱即逝的凡人是不會明白的。」

「思考明天要吃什麼、期待秋天上市的超商甜點新品的平凡生活，也要一起放棄嗎？」

「沒錯。」

「即使踐踏了過去認識的人和以後可能認識的人之間的連結和緣分？」

「無可奈何。」

無可奈何，沒辦法。面對一臉悲傷地閉目搖頭的龍，良彥吸了口氣。

吸了口氣之後，他使盡吃奶的力氣大叫：

「辦法多的是！」

良彥抖著肩膀喘氣，仰頭瞪視紅色的雙眸。

「……荒脛巾神，我答應田村麻呂要救祢。雖然在這種狀況之下說這種話有點奇怪，相信我，這大概是唯一的方法了。」

良彥打開刀袋，取出一把黑鞘刀。

「這是田村麻呂送給阿弖流為的刀，是為了立誓終結戰爭、締造和平，聘請超厲害的刀匠打造的。阿弖流為也把他自己的刀送給了田村麻呂，田村麻呂到現在還是很珍惜那把刀，從不離身。」

見狀，龍似乎頗為錯愕，微微地笑了。

「原來是這件事……那又如何？你以為我不知道嗎？」

良彥默默地按照聽哲教導的方式拔刀出鞘。

「你該不會是想用那麼一把小刀來對抗我吧？還是想引我流淚？」

「雖然我也這麼想過，很遺憾，並不是。」

即使處於漆黑的空間，外露的刀身依然散發著白光；肌理看似流水，筆直的刃紋宛若陣風。良彥橫過刀來，將刀刃對著自己。

「……你在做什麼？」

龍無法理解他的行為，露出了訝異的表情。

「很不巧，我沒有自殘的嗜好。可以讓我家的狐狸看看這個嗎？」

說著，良彥指著刀背。

刻在僅僅五公厘寬的平坦刀背上的是——

「這四個六角形，祢不可能沒看過吧？」

良彥用清晰的聲音說道：

「因為打造這把刀的是——三由。」

這就是白狐坦承的過去。

豬手的三男三由和舅舅一起遇上山崩是事實，不過當時路過的白狐以金龍的鱗片為媒介，救了奄奄一息的三由。這是神明的禁忌，不可外洩的祕密。

沒辦法，那傢伙對我有恩。

他的心臟就像是在對抗重傷的身體一樣奮力鼓動，我只是稍微幫點忙而已——白狐是這麼說的。後來，祂受到懲罰，成為比宇迦之御魂神嚴厲百倍的須佐之男命的麾下，在全國各地奔波，收集情報。

「三由後來被修行僧搭救，並被喪子的刀匠收為養子。他跟著養父學習打刀，後來成了刀匠天石——所以……」

良彥放下了刀，筆直地回望龍的眼睛。

宛若要向深處的黃金傳達。

向為了那一天無法救三由一命而悔恨不已的金龍傳達。

「三由沒有死，他沒有死！祢的鱗片救了他，祢救了他！」

猛然睜開眼睛一看，眼前有道光芒。

仔細一瞧，那是從枝葉縫隙間射下的陽光，祂察覺自己身在大樹的樹蔭底下。被壓制的四肢不知幾時間已經能夠自由活動。雖然還有些混亂，但腦子卻很清楚。話說回來，為何自己會在這種地方？祂一頭霧水地環顧陌生的景色。枝葉茂密的巨木歷經了風吹雨打，但樹幹依然充滿生氣。從樹上掉落的樹葉散落在地面各處，有的依然翠綠，有的已然泛黃；祂的視線不經意地停駐在其中一片樹葉之上。那是片枯成了褐色的乾燥樹葉，雖然脆弱得一觸即碎，卻帶有活到最後一刻的榮耀。

「我和你在什麼地方見過面嗎？」

不知何故，祂有種懷念的感覺，如此詢問。同時，其他掉落在地的樹葉也給了祂一種不可思議的存在感。

「我和你們在什麼地方……」

話說到一半，一陣徐風吹過，搖動枝葉，沙沙聲隨即轉變成呼喚聲。

黃金。

聽了這道聲音，祂想起自己是黃金。

啊！這確實是自己的名字。

既非金龍，亦非西方的兄弟，而是自己的名字。

黃金。

從枝葉縫隙間落下的聲音聽起來好熟悉。

那是目無尊長的嫩葉直呼其名的聲音——

「那個大哥哥說辦法多的是。」

身旁突然有道聲音傳來，黃金轉過了頭。

「他不想以一句沒辦法帶過。」
如此笑道的正是那天在岩石前道別的少年。
「三由……」
相隔多年呼喚的名字幾乎不成聲。
「我成為祢的重擔嗎？」
三由窺探黃金的臉龐，如此詢問。
「我也有不想以一句『沒辦法』帶過的事。」
三由的模樣在發愣的黃金面前逐漸變化；他的個子變高，臉孔經歷了青年期，化為老翁，變成以刀匠身分壽滿天年的天石。
「三由……你……」
黃金愕然地瞪大眼睛。
「活到了老年……？」
天石微微一笑，解開衣服，出示胸口上的印記。心臟的正上方浮現的是熟悉的形狀。
「這是山神老爺給我的鱗片，再加上白狐老爺大發慈悲，那一天我才能活下來。」
一陣清風吹散了黃金腦中最後的迷霧。

他沒有死。

他並沒有死。

他沒有乖乖地接受死於非命的命運。

「撿回一條命的我展開了刀匠的新人生，討了老婆，看著孫子出生，最後安詳地死去，所有家人都來替我送終。」

天石帶著雨過天晴的平和眼神，說道：

「連爹娘跟兄弟姊妹的份都一起活完了。」

黃金瞪大的雙眼裡映出的，已經不是那個口稱「沒辦法」而放棄一切的少年了。

而是一步一腳印、走完人生路途的可敬之人。

「每次觸摸這個印記，心跳聲都在叫我繼續活下去。我一直想向山神老爺道謝，晚年只打獻給神佛的刀劍，就是希望山神老爺能夠收到我的心意。」

年老的他濕了眼眶，眼淚撲簌簌地掉下來。那些日子應該過得不輕鬆吧！想必也有埋怨咒罵、想拋下一切逃走的時刻，也有思念家人而暗自啜泣的夜晚。

即使如此，他依然想道謝嗎？

向只能給他一個小小鱗片的自己道謝。

「山神老爺，感謝祢救活了我。」

天石靜靜地低下頭來。

「……活下來以後，你過得幸福嗎？」

黃金用嘶啞的聲音詢問。

天石擦乾眼淚，笑道：

「當然幸福啊！」

黃金感覺到塞滿心頭的鉛塊掉落了，溫暖的柔情瀰漫了全身。

當時，雖然迷惘，雖然困惑，金龍在小小的鱗片之中灌注了心願。

「是嗎……你很幸福嗎……」

黃金吟味著這句話，喃喃說道。

這是祂最想聽到的一句話。

「來吧！山神老爺，還有人在等祢，是他找到了我還活著的證據。多虧了他，我才能和祢見面。」

天石仰望著遙遠上空，如此催促。大樹的彼端有什麼？雖然從這裡看不見，不知何故，黃金覺得自己知道答案。

「祢還記得他的名字嗎？」

天石詢問，黃金哼了一聲，回答：

「豈會忘記？直呼我名諱的凡人只有一個。」

說著，黃金的腦中浮現了昔日的光景。

在四石社前初次交談。

莫名其妙地陷入一起去吃抹茶聖代的處境。

被硬拉著腳掌蓋下朱印，為此大吵一架。

搭乘電車，搭乘巴士，甚至搭乘飛機行遍全國，辦理差事。

嘴上嘀咕著沒錢，卻還是全心聆聽著無聲之聲。

這樣的濫好人，黃金只認識一個。

「——良彥。」

黃金蹬地而起，乘風飛向天空。

在落葉的目送之下，金色的龍衝上了雲霄。

二

咆哮聲來得突然。

俯視良彥的龍扭動身軀，發出了猶如臨死哀號的叫聲；同時，鱗片豎立顫抖，演奏著敲鐘般的劇烈金屬聲。祂的身體痛苦地拍打地面，活脫就是滿地打滾四字的體現。

「咦？怎麼搞的……」

良彥握著拔出的刀，慌慌張張地拉開距離。地面傳來的震動讓他站也站不穩。

「你……混小子，居然多管閒事……」

龍恨恨地望著良彥，眼睛逐漸從紅色轉為淡黃色。

「都到這個關頭了，祢還想反抗嗎？兄弟！」

龍如此吶喊，發出了淒厲的叫聲，痛苦地閉上眼睛。巨大的爪子微微顫抖，金色鱗片開始發光。見狀，良彥下意識地倒抽了一口氣。錯不了，黃金產生了反應。

「黃金！」

良彥全力呼喚這個名字。

「黃金！快回來！」

宛若山脈的龍尾拍打地面，良彥被這道衝擊震飛，滾落在地。氣喘吁吁地睜開的龍睛已經從紅色變成金色，又漸漸地化為綠色。

「……我已經記不清自己殺掉了多少凡人。」

不同於荒脛巾神的聲音從緊緊咬住的巨大齒縫之間外洩。

「若要說我薄情，或許真是如此。」

良彥眨了眨濕潤的雙眼，咬住了嘴唇。

這個聲音他絕不會聽錯。

「不過，東方的兄弟，我無法贊同『大改建』。雖然在半夢半醒之間險些忘了……否定現在的人世，就等於是否定自古至今所有凡人的人生。這已經超出龍的本分了。」

龍以粗壯的前腳支撐身體，宛若在蓄力一般，把身體壓向地面，並將完全變為黃綠色的雙眼轉向良彥，問道：

「你也這麼想吧？良彥。」

祂的眼神十分溫暖，良彥拚命地忍住幾欲奪眶而出的淚水。他用手背粗魯地抹了抹臉，擠出笑容叫道：

「完全同意，黃金！」

瞬間，龍的身體散發出白光。光芒強烈得無法直視，良彥忍不住撇開了臉。怎麼了？現在不是正要展開感人肺腑的重逢嗎？就在良彥瞇著眼睛確認狀況的下一秒，發光的龍如同流星一般竄升天際，一分為二，飛向他方。

「……咦？」

獨自留在原地的良彥愣愣地眨了眨眼。

「怎麼回事？」

周圍空無一物，漆黑的空間之中只有自己一個人，沒有光線，沒有聲音。剛才的喧囂聲宛若幻影，寂靜支配了現場。

「黃金？」

良彥戰戰兢兢地呼喚，但是沒有回音。

「咦？我被拋下了嗎？」

在這裡等，會有人來接我嗎？良彥心慌意亂地暗想，但目前似乎沒有這種跡象。

「真的假的……」

他喃喃說道，將手上的刀收進鞘中。此時，自己的手映入了眼簾。明明沒有光線，卻能夠清楚地看見自己的身體，實在很不可思議。

「啊……好了。」

透明的指尖恢復了膚色與質感。

「這代表我不會被融合了？」

就在如此輕喃的瞬間，腳下突然一陣搖晃，看不見的地面開始波動起伏，良彥幾乎站不住。

「怎麼回事？」

就算要逃，也不知道該逃到哪裡去。別的不說，這個地方逃得出去嗎？

「再這樣下去，會被捲入崩壞之中！」

一道聲音響起，良彥抬起了頭；然而，任憑他如何四處張望，所見的依然只有漆黑的空間。

「快跑，良彥！走這邊！」

那不是黃金的聲音。良彥彷彿被呼喚聲牽引一般，拿著刀朝著聲音的方向奔去。

「走這邊，快！」

良彥在不見人影的聲音引導之下拚命地奔跑，途中數度被突然隆起的地面絆倒，又在聲音的催促之下站了起來。

「話說回來，你是誰啊？」

良彥自暴自棄地叫道，但對方沒有回答。

「快到了，再加把勁！」

「要帶我去哪裡？」

「要是被捲入崩壞之中，就回不去了！」

「有回得去的保證嗎？」

右膝的舊傷偏偏在這時候開始發疼。然而，良彥還是在聲音的牽引之下動著雙腳。他覺得聲音有點耳熟，可是情況緊急，他完全想不出答案。

「好，從這裡起跳。」

「啊？」

「只要用力蹬地就行了。」

「你是認真的嗎？」

良彥一面奔跑，一面叫道。周圍的景色毫無變化，跳起來會有任何改變嗎？

「相信我，良彥。」

說來不可思議，聽了這道聲音，良彥有種船到橋頭自然直的感覺。

一、二、三！良彥在心中計數，左腳使勁蹬地而起。地面像橡皮一樣反彈，身體飛得又高又遠，遠遠超乎了他的想像。失去平衡的良彥忍不住閉上眼睛，同時，有人抓住了他的右手腕，位置正好就在久久紀若室葛根神繫上的護身符之上。

瞬間，懷念的笑容流入腦海之中。

「——爺爺？」

那正是過世的祖父。

「良彥。」

祖父呼喚一陣混亂的孫子。

「別擔心，一直都是相連的。」

神與人。

過去與未來。

以及故人的意念——

在一瞬間的邂逅之後，良彥頭下腳上地墜落；他睜開眼睛一看，漆黑的空間不知幾時間出現了微小的銀色光芒。設法平衡身體的良彥望著這道耀眼的光芒，倒抽了一口氣。

飄浮在自己正下方的是顆美麗的藍色星球。

「不會吧……」

良彥就像是被吸走似地往海上的小島國墜落。

⛩

「沒想到會出現那樣的凡人。」

國之常立神俯瞰著藍色星球，如此輕喃。剛才落向星球的兩顆流星正是自己的眷屬，而現在良彥正尾隨其後，回歸大地。

「……凡人取名用的彥字有『太陽之子』之意。」

掌管太陽的天照太御神來到身邊，得意洋洋地說道：

「換句話說，良彥就是『優秀的太陽之子』，所以是理所當然的。」

見祂刻意擺出一副意料之中的模樣，國之常立神愣了一愣，隨即又發出猶如優雅樂音的笑聲。笑聲替這個空間染上了歡喜的色彩。

「如何？天照太御神，日本可還有許多優秀的太陽之子？」

在兩神周圍，散布於黑暗之中的銀沙連綿不絕地延伸至遙遠的彼方，連神明都不知道盡頭在何處。有人說會連結至根源神，也有人說這個場所本身就是根源神。這裡是內即是外、外即是內的場所。

「凡人的祈禱雖然逐漸衰微，但並未斷絕。這次也有許多凡人察覺了大地的異變，向神明合十祈禱。」

說著，天照太御神也俯瞰這個國家，呈現國之常立神原有姿態——龍形——的小島國。

「是嗎？」

在龍體上淡淡發光的是凡人透過神社祈禱的光芒。大小光芒散布於全國各地，龍心一帶的光芒格外強烈。那是天照太御神坐鎮的伊勢之地。而東京正中央也有個散發強烈光芒的地點。祂的血脈至今仍然代代祈禱著。

「既然如此，就再觀望一陣子吧！」

毀滅與再生之神充滿愛憐地懷想著住在自己身上的凡人，笑道：

「根源神大概也是在教導我們無法獨自領會的道理吧！」

开

良彥再次睜開眼睛的時候，石板路已經逼近眼前；他連忙護住頭部，做好撞擊的準備，但在撞上的前一秒，卻有種掉在彈跳床似的高回彈觸感。身體就這樣彈跳了兩、三次，墜落的衝擊被看不見的空氣層吸收殆盡。然而，就在良彥鬆了口氣的瞬間，空氣層突然消失，他從離地五十公分處摔到了地面上。

「痛死了～～～～」

下巴撞個正著，良彥痛得滿地打滾。害他空歡喜一場。既然要救，不能救到底嗎？

「抱歉、抱歉，沒斟酌好。」

若無其事地對良彥說話的，是幫他穿越結界的鹽土老翁神。

「我的下巴沒裂開吧？」

「沒裂開，還連著，沒問題。」

「摔跤的又不是祢——」

確認有無出血之後，良彥這才爬了起來；當他看見鹽土老翁神身後的景象時，不禁啞然無語。

「這邊也沒問題，雖然看起來很嚴重。」

說這句話的大國主神扶著腹部流血的田村麻呂坐在地上，而穗乃香與聰哲則是分別用手帕和撕下的衣袖壓住傷口。石板路上有灘小血泊，阿弖流為的刀躺在中間。

「是被傀儡打傷的？」

良彥連忙奔上前去。

「別擔心，傷勢比看起來的輕。」

幸好田村麻呂還有意識，臉色看起來也不算差。

「血幾乎都止住了。」

聰哲說明。祂的臉色倒是比道別的時候好多了。

「祂居然把刀塞進傀儡手裡。」

大國主神啼笑皆非地說道。

「結果就被刺傷了。祢這個征夷大將軍會不會太過大意了一點？」

「我只是想把遺物交給祂……」

「不，祢也該考慮一下時間和場合啊！一穿過唐門就看見血泊的感覺可不太愉快。」

大國主神趕到的時候，田村麻呂已經被刺傷了，而當時剛送走良彥的鹽土老翁神正好前來查看情況。

田村麻呂望著良彥，面露苦笑。

「傀儡避開了要害。」

「咦……」

「不愧是娘親。」

田村麻呂將視線轉向血泊附近。仔細一看，阿弖流為的刀旁邊有塊小小的黑色玻璃碎片。

「傀儡呢？」

良彥詢問。從剛才就沒看見傀儡的身影。

「刺傷我以後，就像一道煙一樣消失無蹤了。大概是本體出了什麼狀況……」

「哦……該怎麼說呢？出了狀況的是我……」

良彥有些詞窮。該怎麼說明被黃金吞食以後的狀況？

「我們是在田村麻呂老爺被刺傷以後抵達的，後來過了一會兒，你們就掉下來了。」

穗乃香代替說話有些吃力的田村麻呂說明。

「我『們』？」

掉下來的不只我一個嗎？良彥歪頭納悶。仔細想想，他連為何掉到這裡來都不明白。自己應該是被金龍吞食了，後來跑到什麼地方去了？剛才他好像是以神明的視角看著地球。

「對了，黃金和荒脛巾神——」

猛省過來的良彥看見橫越眼前的金色尾巴，打住了話頭。

「唔，雖然田村麻呂是人格神，但依然是神明，這點傷勢應該馬上就會痊癒了。」

坐在田村麻呂面前，尾巴纏著腳，一臉跩樣地說話的是——

「黃金……？」

良彥喃喃說出了這個名字，狐神的耳朵猛然一動。

「黃金老爺……」

穗乃香強忍淚水，眨了眨眼。

「祢是黃金吧？」

良彥確認似地呼喚，這回黃綠色的眼睛總算轉過來了。

「不然還能是誰？」

那是良彥再熟悉不過的狐神，他絕不會認錯。

良彥配合黃金的視線高度蹲了下來，用雙手捧著祂那毛茸茸的頭部，撫摸耳朵之間，摩擦脖子，搔抓下巴，確認觸感。黃金起先還忍著，後來忍無可忍，用前腳推開了良彥的臉。

「沒有我的允許不准摸我，要我說幾次你才懂！」

「好痛！爪子！爪子刺進去了！」

臉上多了道爪痕的良彥吐了口氣，微微一笑。啊，這才是自己認識的狐神。

「既然黃金回來了，代表……」

良彥站了起來，轉向自己的後方，只見一個穿著蝦夷服裝的女性癱坐在拜殿之前。祂的雙臂長滿了黑色鱗片，呼吸急促，一雙紅眼毫無生氣。

「祂原本就是靠著吸取我的力量才能動，現在已經沒有足以對抗眾神的力量了。光是維持那副模樣，就很吃力了。」

黃金冷靜地說明。

「……消滅我，確保我不會再次復活。」

荒脛巾神一面抖動肩膀喘息，一面說道。聞言，黃金豎起了耳朵。即使吞食金龍，企圖引發「大改建」，荒脛巾神畢竟還是黃金的兄弟。

「不消滅我，總有一天我會再次引發『大改建』……」

面對困惑的黃金，荒脛巾神的僵硬臉龐露出些微的笑容。

「現在祢也看得見我的記憶吧？在東北大地和孩子們一起生活的日子。只要祢記得這段往事，那就夠了……」

黃金什麼話也沒說，只是抿起嘴巴，筆直地凝視著自己的另一半。良彥想起在黑色空間裡看見的光球。那些記憶現在成為黑龍與金龍的共通記憶嗎？

「我對沒有孩子們的人世毫無眷戀。當初想嘗試為人母，本身就是個錯誤……」

荒脛巾神連連咳了幾聲，趴倒在地。良彥忍不住奔上前去扶祂起身。祂的身體骨瘦如柴，輕得嚇人。都已經變成這種狀態了，荒脛巾神還是繼續維持蝦夷女性的模樣，讓良彥有些心酸。

「金龍……向來是對的……我們明明是同一條龍，為何差別如此之大……」

「荒脛巾神，振作點。」

面對良彥的呼喚，荒脛巾神像是在說「夠了」一般，搖了搖頭。如今祂連維持存在的氣力都快消失了。

「呃，聽我說！」

一直默默旁觀的穗乃香搶在黃金之前開口說道：

「我有樣東西要給荒脛巾神娘娘看，等看完以後再做決定也不遲。」

怎麼回事？良彥望著穗乃香，而穗乃香點了點頭，示意交給她處理。

「讓我帶祢去找祢的孩子。」

穗乃香身旁的聽哲帶著泫然欲泣的表情凝視著田村麻呂。

⛩

「良彥先生去找荒脛巾神娘娘以後，我們遇見了某個人；而這件事勾起了聽哲先生的回憶，讓祂想起了一切。」

良彥一行人將善後工作交給鹽土老翁神，由穗乃香和聽哲帶路，來到了那座本殿後側有荒脛巾神的巨石依代的神社。聽哲支撐著田村麻呂的肩膀，良彥則是攙扶著荒脛巾神，慢慢行走。

「是別處飛來的鳥播的種嗎……」

看著在巨岩之上開枝散葉的樹木，荒脛巾神小聲輕喃。或許祂想起了從前曾在此地為了上山未歸的孩子祈禱的夜晚。

「我造訪這裡的時候也沒有那棵樹。」

聽了聽哲這番話，田村麻呂驚訝地轉向祂。

「祢也來過這裡？」

「對。老實說，我一直忘了這件事。不過……」

聽哲望著良彥手上的黑鞘刀。

「現在我知道自己為何擁有那把刀了。」

剛才來到這裡的時候，聽哲似乎相當不舒服，不過現在的祂卻是神清氣爽。

「行刑之後，我偷偷地把阿弖流為和母禮的遺體挖出來了。」

聽了這番突如其來的告白，良彥皺起眉頭。

「挖出來？」

「對，我的老家距離埋葬地很近，我利用這一點，在深夜帶著幾個隨從把頭顱和身體都挖出來了。刀就是在那個時候到手的。」

田村麻呂比良彥更加愕然地看著聽哲。

「祢為何這麼做？祢對那把刀如此——」

「不，我不是為了刀。」

聽哲打斷田村麻呂，帶著泫然欲泣的表情說道：

「我是想安慰祢。」

救不了提出和議的阿弖流為等人。

他們把性命交到自己的手上，可是自己力有未逮，害得他們魂斷異鄉。

背叛了朋友的信任。

目睹他們被處刑，田村麻呂一時失魂狂亂的模樣全都看在聽哲的眼裡，聽哲只是想設法撫慰祂的心靈。

「當時我是出羽守，即使帶著龐大的行李回東北，也不會有人起疑；只要隨便找個藉口，就能順道前來此地。」

這個巨石齋場是住在附近的蝦夷人的聖地，稍加打聽便知道，聽哲能夠找到這裡來也不足為奇。

「難道祢……」

田村麻呂茫然地說道。將遺體交給阿弖流為他們的村子，可能會引發更多的戰火，不如將遺體送往兩人可以安息的地方——聽哲應該是這麼想的吧！

聽哲堅定地點了點頭，帶領眾人前往巨石的更深處。他們踩著細小的窪洞，拉著彼此的手，一路爬上草木茂密的斜坡。途中，黃金突然停下了腳步。

「這是……」

黃金抬起鼻頭，似乎在嗅著空氣中的某種物事。

「這裡設有驅趕閒雜人等的法術。雖然只是讓凡人來到這裡時會心神不寧的小法術……」

聞言，大國主神也抬起頭來。

「啊，真的，精靈也參了一腳。是聽哲設下的？」

「不，不是我……」

聽哲回過頭來，露出了苦笑。

「是有人在保護這裡。」

說著，祂指向前頭。

那兒有個被樹木環繞的開闊空間，地上開滿了淡青色小花。

「啊……啊……天啊！」

荒脛巾神放開良彥的手臂，跌跌撞撞地奔上前去。

那正是蝦夷人口中的荒脛巾神之花。這種花原本並不會在夏天開放，在這裡卻開了滿地，彷彿時光停止了一般。見了這幅不似人間所有的景色，良彥不禁倒抽了一口氣。田村麻呂與阿弖流為努力保護的景色居然如此美麗。

「我找遍各地都找不到的花……」

荒脛巾神跌坐下來，輕輕地觸碰薄薄的花瓣。樹林縫隙間射下的光線將花兒照得閃閃發光，宛若在喜迎荒脛巾神歸來一般。

「當年我來這裡的時候，沒開這種花……」

聽哲指著埋在花間的兩塊小墓石。

「他們兩人就睡在底下。」

聞言，荒脛巾神愕然地睜大眼睛，發出了不成話語的聲音，一把抱住墓石。

「原來他們回到故鄉了……」

田村麻呂一時無法言語，像是虛脫似地跪倒下來。

「聽哲……謝謝祢……把他們倆……」

祂用力拉著聽哲，低聲啜泣。

「對不起……一直沒能告訴祢……即使被拒絕，就算得用上更加強硬的手段，我也該設法跟祢說的！」

聽哲也含淚說道。

「這裡開著這種花不足為奇，因為這種花是荒脛巾神之花，也是蝦夷之魂……不過，事隔千年，唯獨這裡沒有受到破壞，依然保持原貌，倒是很稀奇。」

與荒脛巾神共享記憶的黃金如此說道，將視線轉向某一角。

「是爾在保護這裡？」

循著黃金的視線望去，只見一名女性站在花叢彼端。她身上的服飾很眼熟，和荒脛巾神穿的如出一轍。不光是服飾，她的體格、髮型和五官都像是同一個模子刻出來的。

「……音羽！」

荒脛巾神大聲呼喊右手上戴著白色貝殼手環的她。

「妳一直……一直在保護這座山嗎？」

音羽帶著柔和的表情回答：

「允許我的靈魂永遠住在這裡的，不就是祢嗎？」

聞言，荒脛巾神忍著嗚咽，掉下了眼淚。

「對不起……爾將兒子交給我，我卻，我卻……」

音羽默默地聆聽著神明的懺悔，並朝著化成自己的模樣的荒脛巾神緩緩地伸出雙手。

「荒脛巾神娘娘……」

音羽輕輕地觸摸祂滿是傷痕的臉頰。

「謝謝祢養育我的兒子。」

她露出了純真的母親笑容。

「有祢的疼愛，孩子們很幸福。」

荒脛巾神抓住音羽的手，淚流滿面，而黃金筆直地凝望著這一幕。良彥身旁的穗乃香也忍不住落淚，哭得鼻子紅通通的。

「……過去的事情無法改變。」

良彥眨了眨眼，掩飾淚水。

「不過，過去、現在和未來是相連的。重要的是將過去傳承至未來。」

一瞬間見到的祖父笑容和久久紀若室葛根神的面容閃過腦海。

「所以，跟我說說阿弖流為和荒脛巾神深愛的蝦夷的故事吧！我會一輩子記得這些事，流傳下去。」

荒脛巾神淚眼婆娑地轉過頭來。

「還有三由他們的故事。」

良彥轉向黃金，狐神默默無語，搖了搖尾巴。

「荒脛巾神……不，阿弖流為的娘親。」

癱坐在地的田村麻呂在聽哲與大國主神的攙扶之下吃力地站了起來。

「臨刑前，阿弖流為對我說了一句話，而我一直不明白他說的是什麼。不過，現在我總算明白了。」

田村麻呂說道，淚水濕了臉頰。

「『娘親就拜託你了』……他應該是這麼說的。」

這句話想必帶有許多含意。

養母，蝦夷之神，東北地方。

又或許是指這些淡青色的花朵。

將形塑自己的一切。

與自己所愛的一切。

都託付給朋友，慷慨赴義。

「我在世的時候沒能達成他的心願……不知現在是否還來得及？」

聽了田村麻呂的問題，音羽露出溫柔的微笑，望著荒脛巾神，彷彿在無聲地示意娘親指的是祢。

「是啊，我可以和祢……一起談論阿弖流為……」

荒脛巾神用顫抖的聲音喃喃說道。

「不光是阿弖流為，還有母禮……以及蝦夷，我們都可以盡情談論。」

聽了田村麻呂的這番話，荒脛巾神抖動肩膀，再次伏地大哭。

「——東方的兄弟。」

不久後，黃金呼喚祂的半身。

「消滅祢與否，不是我能夠作主的。在國之常立神裁示之前，祢我都只能善盡各自的職責。」

黃金淡然說道，微微歪起頭來，揀選言詞。

「還有，這是我個人的見解……我們的職責確實是守護東西方，但是回想起來，主公並沒有說過『不許關愛凡人』。或許是我們想太多了。倘若關愛凡人是禁忌，我們早就被驅離崗位，召回天庭了。祢說金龍向來是對的，這句話並不正確。我送給三由的鱗片延長了他的壽命，身為神明是不該這麼做的。」

良彥忍不住將視線轉向黃金。他完全沒想到這一點。或許黃金自己也思考過這個問題吧！

「也許我們還被賦予了另一項我們不知道的任務——不，我不知道該不該稱之為任務，或許該稱之為課題。」

「課題？」

荒脛巾神驚訝地凝視著兄弟。

「我的意思是，就好比見證毀滅與再生，除此之外一切無涉的國之常立神竟然創設了差使這樣的職務一般，或許有些事是思慮淺薄的我們無法了解的。」

黃金瞥了墓石一眼，接著又將視線轉向站在荒脛巾神身旁的音羽，微微地瞇起眼睛。

「以後就由祢負責傳承凡人的歷史了。這應該是母神的職責吧！東方的兄弟。」

聽了黃金的這番話，荒脛巾神不安地看著自己的雙手。長滿鱗片的手顯示出祂的力量有多麼衰弱。

「……我做得到嗎？」

「——做得到！」

聰哲立刻如此叫道。

「當然做得到！因為祢已經不孤單了！」

聽了這句話，田村麻呂也吐了口氣，點頭贊同。

荒脛巾神望著在場的每一個人，總算露出了笑容。

「是嗎……是啊……我已經不孤單了……」

淡青色的花朵在愛子們的墓石之前搖曳著。

良彥仰望天空，以免淚水滑落。

傍晚時分的夏日天空布滿了溫柔的淡彩。

三

平安回到京都，前往大天宮報告完畢之後，良彥直到東方的天空泛起魚肚白時才得以擺脫順勢展開的眾神宴會。有些神明依然爛醉如泥，有些神明已然回到了崗位。大國主神和建御雷之男神比酒，卻輸得一塌糊塗，須勢理毘賣應該會設法處理吧！良彥原本還在想改天得親自登門向這對夫婦道謝，不過依祂們的作風，搞不好今晚就會跑到自己的房間來了，或許用不著那麼鄭重其事。

「穗乃香，妳一個晚上沒回家，不要緊嗎？」

良彥一面揉著想睡的眼睛，一面詢問走在身旁的穗乃香。

「嗯，昨天晚上我已經先跟家人說要在朋友家過夜了。」

「這樣啊！」

清晨的巷弄裡不見人影，只有騎著機車匆忙離去的送報生。黃金若無其事地走在良彥的另一側。感覺上已經好久沒看到金色尾巴搖動的景象了。

離開大天宮之際，良彥去向久久紀若室葛根神道謝，並告知自己被金龍吞食以後，在一個不可思議的空間裡見到了祖父之事；祂聽了以後，頭一次在良彥面前露出了充滿懷念之色的笑容。

「下次找個時間跟我說說爺爺的故事吧！」

聞言，久久紀若室葛根神得意洋洋地點了點頭。

「好啊！我可以告訴你敏益晚年沉迷的嗜好。」

「咦？是什麼！是我不知道的嗜好嗎？」

能夠有個對象陪自己談論已經過世的人，實在是件幸運的事。

瀕死的荒脛巾神說要在那座山上和音羽一起靜養，田村麻呂和聰哲承諾會常去拜訪，一起閒談往事。與其在陌生的神社裡被當成客神悄然奉祀，這麼做應該比較好吧！良彥和穗乃香也打算找時間再次拜訪。對於荒脛巾神抱持嚴厲看法的建御雷之男神等神在經由良彥之口得知來龍去脈以後，再加上荒脛巾神也已經幡然悔悟，決定將一切一筆勾銷。祂們並非無情之神，也知道被剝奪的痛苦。鹽竈神社一如往昔，繼續由建御雷之男神、經津主神和鹽土老翁神坐鎮，一如當初奉祀祂們於此地的人類所期望。

「啊，呃，良彥先生……」

即將到家時，穗乃香下定決心，開口說道：

「雖然也發生過很多令人難受的事，我現在很慶幸自己擁有天眼……這次硬要跟著你去，卻沒幫上什麼忙……」

「不，沒這回事。是妳找到三由的刀，而且有妳陪著聰哲，我放心多了。」

良彥坦誠地說出心中的感受。她真的幫了自己許多忙，有時良彥甚至會忘記她的年紀比自己還小。

「如果……不會造成良彥先生的麻煩的話……呃……以後也……」

穗乃香視線搖曳，心急地揀選言詞。她還是老樣子，不擅長與人溝通，但這正是她的特色。

「我希望……以後也能繼續……幫良彥先生的忙……」

穗乃香抬起臉來筆直地望著良彥，不知何故，表情泫然欲泣。

「謝謝，我正想這麼拜託妳呢！」

良彥笑著道謝。以後一定還會有需要她幫忙的地方。她和泣澤女神及須勢理毘賣很要好，也是個很大的強項。

「啊……呃……還有，良彥先生……」

「啊，當然，是在不妨礙大學課業的範圍之內。就算有交報告，要是出席率太低，可能會拿不到學分。」

「是、是啊！」

若是請穗乃香協助差事，卻害她被當掉，良彥可就過意不去了。這個原則必須堅守才行。

「那我就送到這裡了。對不起，害妳拖到這種時間才回家。」

臨別時，良彥說出了一如平時的台詞。

「……謝謝你送我回來。」

穗乃香也露出微笑掩飾自己的欲言又止，並開口道謝。

「改天見。」

「嗯，改天見。」

良彥打從心底感謝可以隨口互道再見的日常生活。

「良彥，你辦差事的時候還挺機靈的，怎麼平時卻是如此駑鈍？」

和穗乃香道別以後，才剛邁開腳步，便沒頭沒腦地挨了黃金的罵，良彥有些傻眼地轉過視線。

「駑鈍？祢說我駑鈍？」

「你有重聽嗎？」

「並沒有！」

良彥反駁，吐了口氣以後，露出了笑容。很久沒像這樣為了芝麻小事而鬥嘴了。

「……你帶著那把刀去找黑龍的時候有多少勝算？」

黃金突然想起這件事，開口詢問。

「五成……不，或許更少。」

「勝算這麼低，居然還敢闖上門。即使駑鈍如你，死了仍舊會有人傷心，這一點你可別忘了。」

「我知道，大國主神也說過同樣的話。」

良彥仰望變亮的天空。今天的京都想必也會是悶熱的一天吧！

「……那些人死掉的時候，祢傷心嗎？」

良彥喃喃問道。身為金龍不得不下的決斷，想必帶給了祂與黑龍同等的悲傷，甚至更勝於黑龍。

「……那麼久以前的事，我記不得了。」

黃金避而不答，仰望良彥。

「真虧你能發現三由其實還活著。」

「哦，是那隻白狐告訴我的……這麼說好像也不太對，其實是我逼祂招出來的。刀上的六角形印記是決定性的證據，再加上聰哲很了解天石的生平，相互對照之下……」

白狐與聰哲，是這兩尊神幫了他，還有發現聰哲持有那把刀的穗乃香。這絕不是他能夠獨力找出的答案。

「倒是祢自己完全沒察覺三由其實還活著嗎？」

「我查探過他的氣息，可是沒找到他，大概是因為當時他的身上已經帶有白以鱗片為媒介而灌注的力量了吧！也許是我不夠冷靜，才會判定那不是『三由』。」

「那隻白狐叫做白啊？原來祢們真的是朋友。」

「也不能說是朋友，哎……」

黃金難得含糊其辭，視線突然轉向附近民宅的屋簷。良彥也跟著仰頭望去，在屋簷上發現了一道白影。

「哎呀，金龍兄，好久不見了。」

只見白狐叼著一整尾的鯛魚，小心翼翼地放到腳邊，嘻皮笑臉地俯視著良彥等人。

「祢還是一樣走到哪吃到哪。那是從哪裡弄來的？」

黃金投以啼笑皆非的視線。從祂的反應看來，白似乎從以前就是這副德行。

「怎麼，祢還是狐狸模樣啊？這麼崇拜我？」

「才、才不是！之所以化為狐狸，單純是因為這副模樣比龍形更能融入京城的大街小巷，絕不是因為——」

「不用找藉口了。哎，彼此都好好享受美食、享受生活吧！再會！」

說完，白再度叼起鯛魚，一溜煙地跑走了。

「那隻鯛魚該不會是哪個地方的獻饌吧……」

由於救了三由，白狐受到懲罰，成為原上司宇迦之御魂神的父親須佐之男命的麾下；看祂過得這麼逍遙自在，要不了多久，大概就會被老闆叫去訓話吧！不過，即使如此依然學不乖，正是那隻狐狸的本色。

「聽好了，良彥，別相信那個流浪漢說的話！我之所以化為狐狸……」

「是、是，好可愛、好可愛。」

「認真聽我說！那小子確實曾經跑到凡人的村落裡胡作非為，但是我從來沒有羨慕過祂！」

「是、是，毛茸茸、毛茸茸。」

「別碰我的尾巴！給我聽清楚！」

「啊，對了，可以順路去超商一趟嗎？」

「你到底有沒有在聽我說話！」

良彥望著氣呼呼的狐神，說道：

「得買完整橘子Q彈冰果凍回去才行。晴南大概已經吃掉了。」

聞言，黃金立刻若無其事地閉上嘴巴。

「……多買一點其他的東西也無妨。」

這尊狐神實在太好懂了。在良彥看來，祂跟那隻白色狐狸根本沒兩樣。

「……欸，我在想啊，國之常立神把龍一分為二，應該是為了讓龍成長吧！」

聽到良彥突然說出這番話，黃金投以訝異的視線。

「你沒頭沒腦地在說什麼？」

「不，我也思考過，明明是同一條龍化成的，黑龍和金龍的個性未免相差太多了。有些道理自己一個人是想不通的，對吧？之前有件事也是聽我妹一說，我才察覺的。」

或許家人、朋友，甚至連今天擦身而過的陌生人，都是自己的鏡子。

黃金思索片刻，歪頭詢問：

「……你倒說說看，祂還想讓身為正統眷屬的忠實麾下學習什麼？」

國之常立神想讓古板的眷屬龍學習的事。

不惜大費周章地將龍一分為二，也要教導祂們的事。

比如說——

「唔，不知道。」

「不知道？」

「我怎麼會知道？」

「你這小子！那還弄什麼玄虛！」

「好痛！別踢了啦！對了，說到果凍讓我想起來了，還得買麵包脆餅回去。我拿去給白吃掉了，大丸是幾點開的……？」

「麵包脆餅？麵包脆餅就是那種酥酥脆脆的玩意兒嗎？為什麼白可以吃？」

今天旭日同樣東升，喚醒街道與人們。

若是獨自觀看這片景色，或許就不會有這樣的感受了。

「肚子好餓，順便買早餐回去吧……」

「良彥，我的話還沒說完！」

天底下沒有理所當然的事。

人與人的邂逅、每一天的生活，與日常中的瑣碎片段。

都是如此可愛——現在，良彥似乎可以笑著說出這句話了。

⛩

補了三小時的眠以後，良彥外出打工，回家時順道前往大主神社。但願宴會已經解散了。良彥和前往大天宮的黃金道別，走向了社務所。或許是基於日照考量，宮司插枝的杉樹種植箱移到了正面來；杉樹似乎比上次看到時更大了一些，不知是不是剛澆過水，葉片上的水滴讓人感受到些許涼意。

「良彥。」

從大天宮方向走來的孝太郎呼喚出神地看著杉樹的良彥。
「有什麼事嗎？」
「啊，嗯，有點事……那是什麼？」
良彥望著孝太郎手上的東西，如此問道。
「這個？剛才在大天宮前面撿到的，大概是有人掉的。」
孝太郎出示的是一片用透明包裝紙包著的仙貝。
「所以你是來辦什麼事？啊，這麼一提，轉正職的事後來怎麼了？」
正要走向社務所的孝太郎突然想起這件事，轉頭詢問。
「哦，那件事啊……我今天回絕了。三浦先生很替我惋惜，我覺得有點過意不去……」
良彥瞥開視線說道。他提起這個話題的時機怎麼抓得如此精準？良彥正是為了這件事而來的。
「為什麼回絕？」
條件明明還不錯啊！孝太郎歪頭納悶。
「不……該怎麼說呢……我有其他想做的工作……」
良彥搜索言詞。若說他是這幾天才突然打定主意的，也不為過。他一直在思考，縱使將來有一天卸下差使之職，他該怎麼做，才能擁有無悔的人生？

即使再也聽不見無聲之聲。

即使再也看不見神明的身影。

也能永遠記得祂們確實存在。

並將這件事傳承後世。

「呃……」

良彥抬起頭來。

他的心頭一片清明，不帶絲毫陰影。

「要怎麼做才能成為神職人員？」

終說書

對於身為神明的我而言，凡人便如同雲裡落下的雨滴，隨著季節凋零的樹葉，或是吹過的微風。擁有日漸衰弱的肉體的他們在轉瞬間誕生，轉瞬間死亡。

我這樣迴護凡人，根源神是否會說我愚蠢？

還是會笑稱無妨？

山麓的細小新芽已經長成了粗壯的樹幹。

我聊以自娛的說書也就到此為止吧！

等到我的鱗片褪色的那一天。
如果這個故事能被傳承下去，落入後世的凡人手中。
那也是無常人世中的一大樂事啊！

參考文獻

《蝦夷的古代史》　工藤雅樹（吉川弘文館）
《蝦夷與東北戰爭》　鈴木拓也（吉川弘文館）
《坂上田村麻呂》　龜田隆之（人物往來社）
《坂上田村麻呂》　高橋崇（吉川弘文館）
《田村麻呂與阿弖流為　古代國家與東北》　新野直吉（吉川弘文館）
《圖說平城京事典》　國立文化財機構　奈良文化財研究所編（柊風舍）
《續日本紀（中）／全白話文譯》　宇治谷孟（講談社學術文庫）
《續日本紀（下）／全白話文譯》　宇治谷孟（講談社學術文庫）

要點

神明講座 9

田村麻呂的刀還存在於世嗎？

被視為田村麻呂之刀的，有供奉於京都府鞍馬寺的黑漆劍、供奉於兵庫縣清水寺的無銘大刀（三把），與據傳是田村麻呂之墓的木棺墓（西野山古墓）裡發現的金裝大刀。除此以外，在田村麻呂死後，還有一把「坂家寶劍（坂上寶劍）」成為天皇家的傳家寶，但現在似乎已經下落不明了。

據說供奉於
兵庫清水寺的大刀是「騷速」，
但是形狀居然與久能山東照宮裡的
『仿照（？）騷速打造而成的刀』
完全不同。真相究竟是……

※由於太刀指的是平安時代以後具有弧度的刀，更早期的直刀（或是弧度極小的刀）是以大刀這個字眼代稱。

後記

二〇一三年十二月，諸神的差使系列第一集發售了。正如同書名沒有標註「1」所示，這本書並非以系列化為前提，我甚至認為：天底下的神明小說那麼多，這本書一定也會淹沒於洪流之中吧……

在那之後，過了七年多。

沒想到會出到第十集，還能發行豪華卡司廣播劇CD。（註7）人生會發生什麼事真的難以預料。

（以下涉及劇情）

關於第九、第十集的內容，我在神明講座中也有補充說明，這裡再稍微補充一些未能提及的部分。首先是關於坂上田村麻呂。在作品中，他在阿弖流為等人處決以後性情大變，判若兩人；但事實上，他似乎直到最後都對朝廷忠心不二，這一點從他死後的待遇也可看出來（參照神明講座）。至於他和阿弖流為的關係如何，其實不得而知。不過，阿弖流為和母禮是向「田村麻呂」投降而非其他人，而田村麻呂也曾替他們求情——如果這些記述屬實，他們之間應該存在著某種信賴關係。順道一提，替差使系列繪製改編漫畫的ユキムラ老師也畫過一部以田村麻呂為主角的漫畫《田村麻呂先生》，如果想看沒有血腥味、不打仗、悠閒和平，和綿麻呂閒聊打屁的田村麻呂的日常生活，推薦大家觀看這部漫畫。阿弖流為和母禮也有稍微登場。

至於這回的關鍵人物聰哲，現存的只有敘任紀錄；不過，造訪位於枚方的阿弖流為與母禮的人頭塚時，我得知百濟王氏的根據地就在附近，當下認定「這個角色非君莫屬！」便拜託聰哲演出了。當時，正好有家報紙報導了「寫有新撰組局長近藤勇首級下落的紙條原來就藏在他的愛刀刀鞘裡」的新聞。只有刀知道事實，多麼浪漫啊！

而在上一集登場的國之常立神，老實說，我並不清楚祂是什麼樣的神明。在《古事記》中，只提到祂是在別天津神之後誕生的神世七代最初的神明，可是誕生之後便立即隱遁（不再現身）了。因為這個緣故，我在作品中將祂描寫成見證毀滅與再生的神明，其實並沒有這一類的逸聞，請讀者當成單純的創作來看就好。不過，祂在部分的神道中依然保有重要地位，大主

註7：此處及後文所述的特裝版皆為日本出版情況。

神社的原型神社也有奉祀祂。

老實說，第八集出版後，打從出道時就與我一路並肩作戰的責編退休了。和新編輯交接、打完招呼以後，他居然又說「我不退休了」（！），繼續陪伴我到第十集，我和新責編都受了他不少幫助。他是從系列初始就照顧我至今的編輯，安心感自然大不相同。不過，見證第十集完成以後，他再次退休，而在新冠疫情期間也無法替他好好辦場送別會，所以我硬是央求他在最後致一段詞。

責編S先生的致詞：淺葉老師獲得電擊小說大獎以來的十年間，一直是由我擔任責編。包含出道作《空をサカナが泳ぐ頃》在內的十四本小說，每次都花上很長的時間討論，有時還會一起去取材；能夠協助淺葉老師創造作品，我真的很開心。

關於個別作品的回憶很多，而讓我驚訝的永遠是淺葉老師執筆時徹底做功課的精神。淺葉老師筆下小說的魅力之一——深度，就是出自於她那徹底的事前準備，而「諸神的差使」正是將這種力量發揮至極限的系列。在牢固的地基上展開的良彥、黃金與眾神的故事充滿了歡笑與淚水，滿載著淺葉世界的魅力。

這次能夠在編輯部工作的最後期間內見證完結篇，我真的非常幸福。今後，卸下編輯職務的我將會以一個讀者的身分繼續享受淺葉老師創造的作品，也請各位讀者繼續支持淺葉なつ。

來京都和我討論作品，連車站大樓都沒踏出一步就直接返回東京；大老遠來到岡山，卻只是吃碗連鎖店的烏龍麵就回家……諸如此類，有時候實在是虧待了責編S先生……（真的很抱歉）。正因為有責編的鼎力相助，才能有差使系列；但願讀者也能體會到這一點。真的辛苦您了，也真的謝謝您。

這次くろの老師同樣替我繪製了美得令人嘆息的封面。不過，走到這一步，可是花了好長一段時間（笑）。我和編輯的意見完全不同，搞不好是差使系列史上分歧最嚴重的一次。都是因為我要求讓本集的封面和第二集的封面可以連成一幅畫，害得くろの老師煩惱許久，真的很抱歉。不過，完成的封面插畫遠遠超乎我的期待，讓我不禁讚嘆不愧是くろの老師，總是不負使命。差使系列的封面插畫中向來有鳥居，因為氛圍問題，原本以為第九集難以維持這個傳統，沒想到くろの老師還是畫上了鳥居（天才？）。順道一提，第十集的CD特裝版也有鳥居（天才無誤）。這個系列真的少不了くろの老師的插畫。謝謝您陪伴我到第十集！無論道謝幾次都不夠，所以我會在保持社交距離的前提之下另行登門道謝的。還有依然被迫接收淺葉小說的不吉利二人組，以及家人、親戚、祖先，在此獻上由衷的感謝。

諸神的差使系列就在現在各位閱讀的第十集告一段落。至於續集方面，目前有打算寫外傳，其他都還是未定之數。

最後，祝福拿起本書的您和所有參與本系列的相關人士能夠與神明結下良緣。

但願在今後的人生之中，當您在路邊看到小祠堂的時候，能夠多少想起這個故事與神明，了解神明的存在意義並不僅止於能量景點與靈驗與否。

衷心感謝您見證良彥與黃金的故事直到最後一刻。

後會有期。

二〇二一 一月某日 對著初詣時仰望的天空祈求和平 淺葉なつ

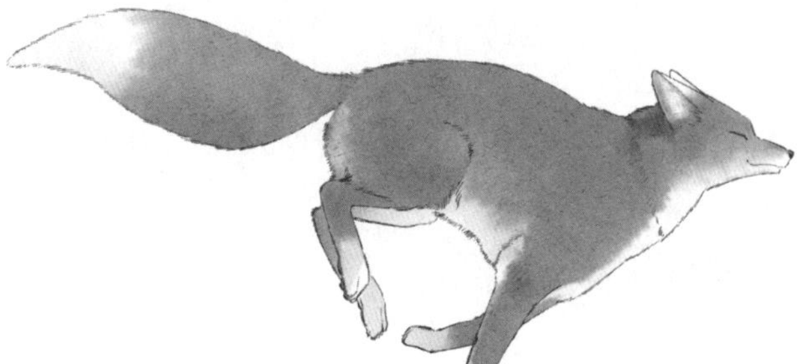

雖然還有許多需要改進之處，
很高興能夠畫到第十集！
真的萬分感謝！！

くろのくろ

至らないところも多々ありましたが
10巻まで描かせて頂けてよかったです!
本当にありがとうございました!!

くろのくろ

米店
から

日後

「師父？」

午後的境內，剛放學回來的他四處尋找師父的身影。銅綠色的緒帶輕飄飄地連結他的脖子與手上的小冊子。

「師父不在嗎？」

當時正值香客人潮暫歇的時段，境內空無一人。他窺探本宮，巡視大天宮，得知師父也不在這些地方，不禁失望地嘆了口氣。

「搞什麼，我還以為今天也有趣事可以聽……」

他仰望天空。放學後直接前來的他依然穿著制服。他並沒有事先約定，只是以為這個時間師父不是在午睡，就是跑去社務所吃點心，應該很容易找到。

「爸爸也不在……跑到哪裡去了？」

少年不情不願地回到社務所，向母親打聽他們的行蹤。

「哦，應該是一起去吃甜點了吧……」

生性恬靜的母親意外地敏銳，尤其是事關父親與師父的時候，甚至比他們本人更加了解。任何事都瞞不過她的法眼。

「去哪裡？」

他知道師父酷愛甜食，可是兩人拋下他自己去吃，給他一種被排擠的感覺，讓他不太高興。他們明明可以等他回來以後再去的。

母親略微思索，猜測他們的去處。

「這個嘛，今天應該是去吃……抹茶聖代吧？」

國家圖書館出版品預行編目資料

諸神的差使 / 淺葉なつ作；王靜怡譯. -- 一版. -- 臺北市：臺灣角川股份有限公司, 2022.07-
冊； 公分

譯自：神様の御用人
ISBN 978-626-321-379-1(第9冊：平裝)
ISBN 978-626-321-621-1(第10冊：平裝)

861.57 111002127

輕文學 Light Literature

諸神的差使 10

原著名＊神様の御用人 10

作　　者＊淺葉なつ
插　　畫＊くろのくろ
譯　　者＊王靜怡

2022 年 7 月 21 日　初版第 1 刷發行

發 行 人＊岩崎剛人
總　　監＊呂慧君
總 編 輯＊蔡佩芬
主　　編＊李維莉
設計主編＊許景舜
印　　務＊李明修（主任）、張加恩（主任）、張凱棋

台灣角川

發 行 所＊台灣角川股份有限公司
地　　址＊104 台北市中山區松江路 223 號 3 樓
電　　話＊（02）2510-3000
傳　　真＊（02）2515-0033
網　　址＊http://www.kadokawa.com.tw
劃撥帳戶＊台灣角川股份有限公司
劃撥帳號＊19487412
法律顧問＊有澤法律事務所
製　　版＊尚騰印刷事業有限公司
I S B N＊978-626-321-621-1